口罩與接吻

陳漱意——著

序——濃濃小說味的散文

⊙路寒袖

記不得何時認識陳漱意了，總之，鐵定在九〇年前後，彼時我任職於中國時報《人間副刊》。那時陣台灣紙媒雖已巔峰將盡，但仍散發著輝煌盛世的餘光，中國時報《人間副刊》可是數一數二的副刊，與另一家競爭激烈的報社並稱「兩大報」。既是眾望所歸的副刊園地，稿件自然來自全球各地的華文作家，我猜，就是在這樣的背景之下認識陳漱意的，而且一定是她的作品好，我才寫信給她，想必是我們頻率相通，很快的就互認好友。

不久時報舉辦第一屆百萬小說獎，副刊界此一文壇大事，我特地跟她通風報信，並軟硬兼施要她無論如何絕不可缺席這歷史性的一刻，陳漱意的筆又快又好，不僅投件參加，還獲得佳作獎，尤有甚者，後來我才知道，那獲獎之作《蝴蝶自由飛》，竟是她的首部長篇，果真，高手一出手便知有無。

算算我們的相識也超過三十年了，三十年來，我始終認定她是小說家陳漱意，可這次她卻寄來一本散文集，書名《口罩與接吻》，幸好有這本散文集，我才有機會一窺她在紐約的生活。

若要一言以蔽之，陳漱意屬人生勝利組，日子過得幸福美滿，先生事業有成，對她百依百順，三個優秀的兒子大山、大川、大印，各自獨立發展，尤其老大大山法學院畢業後，順利當上紐約的檢察官，韓裔的大媳婦艾琳更選上了州議員。媽媽雖然住西岸洛杉磯有點遠，但起碼同在美國。有「歐元之父」美稱的一九九九年諾貝爾經濟學獎得主孟德爾教授是她多年的好友。

如此幸福的陳漱意是否該知足謝天？偏偏她的內心又躲著一個隨時騷動的文學靈魂，必須書寫再書寫才得以馴服它，否則豪宅、錦衣、美食一切的一切盡是夢幻泡影，不讓她寫，陳漱意可要跟上帝掀桌的，所有世俗令人欣羨的條件，無非就只為陳漱意鋪設一張寫作的書桌。

《口罩與接吻》共四輯，分別是《在紐約的日子》、《愛恨情仇的日子》、《想吃的日子》、《出走的日子》，四輯皆以「日子」為名，其實就是陳漱意在美國的生活留影，再依內容題材分類之。

第一輯《在紐約的日子》，主要的篇章〈紐約避疫雜記〉、〈口罩與接吻〉、〈停止仇恨亞裔〉都圍繞著近年來的新冠疫情，陳漱意忠實的點出了紐約搶購、屯積食物的驚惶。住曼哈頓的小兒子大印不幸染疫，她竟衝去兒子家為他燒煮潤喉、潤肺的亞洲梨子水、香菜水，母愛果真無敵。

陳漱意在〈紐約避疫雜記〉一文開宗明義就說：眼前面對的戰爭，不是敵人轟炸機的掃射，不是隨時會從天上落下來的炸彈，很詭異的是一個握手，一個擁抱，一句寒暄，人跟人跟物跟空氣，最起碼的接觸——敵人是這樣陰森的借體還魂，我們正生活在一場無所不在卻無從捉摸，虛虛實實的慘烈戰爭之中。

誠然，新冠病毒是無形的超級炸彈，炸亂了世界原來的秩序，炸斷了人與人之間的各種網絡，也炸出了廿一世紀人性的美麗與醜陋。

第二輯《愛恨情仇的日子》除了好友貝蒂（〈我也有憂鬱症〉）的女兒為憂鬱症所苦而自殺，令人感傷之外，其餘篇章都還溫馨，〈夜宴〉約略可見紐約上流社會的豪奢應酬。〈參加合唱團的日子〉是到紐約上城百老匯大道上的波多黎各大學參加合唱團，學唱拉丁文歌曲，還參與演出，想必是難以忘懷的經驗。

第三輯《想吃的日子》毫無疑問就是一輯飲食文學，〈幻想美食〉強調的是美食不光只是味蕾、胃口、食材的問題，最關鍵的提味乃是心理的想像，所以陳漱意下了一個結論：「所謂人間美味不是吃出來，而是幻想出來的。」〈早餐吃什麼〉滿有趣的一篇，洋洋灑灑寫了美國生活的諸多早餐，或許陳漱意下次返台，不妨重新品味一下台灣的早餐。因為台灣的早餐可是被公認為全世界第一名，豐富、多元、美味、銷魂，到時，漱意賢兄（她習慣喚我賢弟，自稱愚兄），妳就知道要回紐約有多難了。

第四輯《出走的日子》則是旅行文學，〈從莫斯科到聖彼得堡〉、〈從蘇菲亞到伊斯坦堡〉絕對是人人欣羨的行程，借由陳漱意生動的描述，讀者彷彿也身歷其境。

陳漱意的長子大山在紐約一家武術館學螳螂拳，每年耶誕節跟新年期間會出國練拳，陳漱意隨行過兩次，〈那日，在瀑布下〉、〈武學之旅〉記錄了委內瑞拉的馬里達之行，大山因身體微恙，險些沉溺於天使瀑布下的水潭，是一趟有驚無險的旅程，也讓讀者再次看到陳漱意的舐犢情深；〈溫柔的夜〉則來台灣高雄的內門練武，有趣的是，通篇跟武學之旅無關，反倒是著墨於陳漱意日常關懷的毛小孩，只是在紐約她餵野貓，到內門她依依不捨的是一群野狗。

陳漱意果真是小說家，寫起散文來依然散發出濃濃的小說味，人物總在你毫無察覺之時就登了場，情節亦在你仍然意猶未盡之際，已經轉了彎，最佳例證是〈真假皇后〉，簡直就是一篇跌宕起伏的小說。所以，陳漱意的散文不是自怨自艾、不是傷春悲秋，而是生活的體驗，生命的省悟。

目次

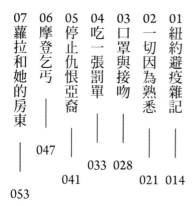

愛恨情仇的日子

想吃的日子

出走的日子

在紐約的日子

01 紐約避疫雜記

三月二十日星期五，我特別記下那一天，我們按紐約州政府規定把員工暫時遣散，二兒子大川慷慨，雖然只是暫時遣散，照樣發給每個人一些遣散費，我們也覺得他做得很好。臨別，大家用當時防疫又不失熱情的碰臂方式，互道珍重，盼望這場類似第三次世界大戰的大瘟疫過後，可以劫後餘生地繼續在一起工作。他們之間一位頭髮有時染成藍色、有時染成綠色的白人女孩，因為咳嗽已經緊張地請假在家隔離。大家都清楚，眼前面對的戰爭，不是敵人轟炸機的掃射，不是隨時會從天上落下來的炸彈，很詭異的是一個握手、一個擁抱、一句寒暄，人跟人、跟物、跟空氣，最起碼的接觸——敵人是這樣陰森地借體還魂，我們正生活在一場無所不在卻無從捉摸、虛虛實實的慘烈戰爭之中。

次日星期六，平常這一天，我多半陪我的先生去紐約，他跟簿記小姐交代事情的時候，我出去來回走二十六條街，約五十分鐘，現在卻被告誡，中國人在這次瘟疫中被指控為罪魁禍首，除非必要，不可在閒雜人等眾多的百老匯大道上走，恐怕會被欺負，就算只是被罵一句「回你的國家去！」都犯不著。然而，這沒有打消我出去走路的念頭，外面華氏近五十度（攝氏十度）的氣溫，太陽當空，是走路最好的時段，我儘量快速走，希望可以出點汗。周圍並沒有惡意的眼光，比較憂心的是街上沒有人戴口罩，我自然也不敢戴，戴了口罩就等於宣告，自己是傳播病毒的中國人。

再看家裡儲藏了一堆黑豆、紅豆、白豆的罐頭，和沙丁魚、火腿、冷凍蔬菜，這些食物都是莫名所以跟著大夥買的。我們這一輩人沒有經歷戰亂，其實不清楚沒有食物意謂著什麼，大家只是人云亦云地一窩蜂。過兩天感到蔬菜罐頭儲存不夠，我再回市場，卻見擺放罐頭的架上多半空了。許多東西都有限量，包括一次只能買兩加侖水和兩包新鮮魚肉，連廁所用的紙都不知為何只能買一包或兩包。食物因為被盲目搶購，真的短缺了，好像舉國上下都在喊：「我們快要斷糧了！日子快要沒法過了！」可那時候還沒有人戴口罩，雖然病毒已經在紐約一帶炸開。

打電話去小兒子大印家裡，他去檢測的新冠肺炎病毒的結果，至今還沒有出來。那是上個星期天的晚上，大印打電話來說他決定去醫院檢查，我們已經勸說了好幾次要他去檢查，他卻一拖再拖。他發燒了好幾天，看過醫生，給他開安疼諾（Advil）退燒，吃後卻腹瀉，不久才知道對抗病毒要退燒，只能吃泰諾（Tylenol）。總之，所有疫情的症狀他都有，醫生卻愛莫能助。我也一籌莫展，後來我打聽到水煮亞洲梨可以潤喉、水煮香菜可以潤肺潤腎什麼的，於是去韓國超市買好了，帶去他們在曼哈頓的家裡煮。大印關在臥室裡，小媳婦和一歲多點的孫女在客廳，他們都離我老遠，一個勁趕我走。我哪裡走得動？只好敞開門，替他們燒好了才離開。前前後後在那裡停留將近兩個小時，我們都戴著口罩，臨走，小媳婦把我隨手丟在一邊的手提包，用酒精擦拭過，我這才意識到，他們一家三口可能都帶有病毒，我可能會失去他們。內心頓時空蕩蕩的，渾然忘卻究竟身處在宇宙時空裡的哪一段。

我和先生都戴著醫院給的口罩，他坐在空無一人的急診室裡面；我坐不住，站到大門口，寧願在寒風裡等，這使我焦灼的心冷卻一點。這家醫院在地理上雖然屬於大紐約區，因為隔著哈德遜河而十分安靜，距離我們住家很近。有一次我告訴先生，如果不搬去紐約的公寓，將來這家醫院就是我們人生的終站。我不像先生忌諱談生死，可是那一次他沒有反對。

我沒有等很久，就見一輛車子在黑地裡開著大燈駛近，大印從車裡下來先摘掉一副口罩，原來他戴兩副口罩，還留下一副。我強笑著，跟小媳婦和孫女揮手告別，然後跟在大印後面，沉默地進入急診室。他直接被帶入裡面的小診間，我隔著大玻璃窗看他回答問題，然後被送進更深的裡面，親屬不能進去。我想到他小時候有一次跟兩個哥哥玩，一隻手扭傷了哭得眼淚鼻涕，可是他小聲地哭。朋友們總是問我：「你們三個兒子，為什麼家裡還這麼安靜？」其實因為大哥把規矩訂好了，任何玩具玩起來都要長幼有序，小弟肯乖乖地遵守而已。那一次看他扭傷手，我們特別心疼，把他帶去醫院。他看到醫生，雖然還一臉淚水，病痛卻立刻好了。醫生讓他一隻手掛著淺藍色綳帶，笑嘻嘻地跟我們回家。我希望這一次也一樣。

我們等了一會，護士來通知，大印要住院兩三天，要我們回去。想到他已經兩天吃不下東西，住院可以吊點滴補充體力，也就放心地回家了。回家後剛上床不久，看到大印的傳訊，他剛回到紐約家裡，醫院不讓住，也不說明原因。猜想是：症狀不夠嚴重？或者，反正無藥可救？反過來推測一下，如果他得的是新冠肺炎，先生每天跟他一起工作、一起吃飯，至今並沒有症狀，還有他的妻女，不也都安然無恙？甚至我，我們不都該中鏢躺下嗎？可見他多半沒有得此病。卻為什麼有一切症狀？顯然，他還是得到了。我們也都被感染了，上年紀的人感染此病毒多半死路一條。「我們的遺囑寫好了嗎？」我壓低聲問先生。那一夜就那樣昏亂地過去了。

大印第二天開始吃一點東西，接連的兩天食慾漸漸恢復，也開始工作。三個星期之後，檢驗報告出來，結果是陽性反應，他感染病毒。那時候我們已經避疫在家，幾乎忘掉他生病的事。我每天忙碌地餵野貓，禁足令下達之後，來我家後院等飯吃的野貓一下增加了三四隻，猜想鄰居們自顧不暇，把流浪在外的野貓忘了。我倒是備足了貓糧，除了兩大袋二十二磅重的乾糧，還有不計其數的罐頭，我總是把兩種混到一起餵牠們。牠們也心生感激，搶著偎到我腳邊摩擦；擠不上來的，則張著一雙雙淡綠的或琥珀色的眼睛望住我，眼裡清亮的光純淨極了。貓兒吃食簡單，容易料理，我從中悟出一種生活準則，三餐可以極簡，罐頭豆子和米飯外加冷凍蔬菜，就可以是色味皆佳的一餐。豆子加米飯是我們都喜歡的西班牙菜式，儲存容易，加熱也容易，省去繁瑣的燒煮且營養不錯。這就是我們避疫期間的飲食，它將來也會像某一首動聽的老歌，代表我一段短暫的光陰和那一陣心情，而深刻地存留在我記憶的匣子裡。

媒體每天披露的盡是全美各地的死亡數據，抗病毒的專家佛奇（Fauci）預測，疫情到最嚴重的時候，全美會有十萬人死亡。之後，近五月了，又攀升到十五萬，而可以治療病毒的藥物還沒有出現。死亡最密集的城市就是紐約，大兒子大山聽我談起這些，讓我不必過分憂慮，只要不出門就安全。他說紐約特別嚴重，部分原因是無家可歸的遊民多，他們很淒慘地多半會感染，一感染就會死掉，政府也束手無策。法院關門後，監獄接著釋放囚徒，像大山一樣的刑事律師這時都賦閒在家。只要天氣好，大山每天下午等我們的兩個孫子上完課，父子三人就騎單車過來，在車庫前面跟我們遙望問候。不能擁抱孫子，不能熱烈地愛他們，令人感到空虛。

四月裡，我捨棄郵購的方式，再度去超市，發現工作的人和顧客都戴了口罩，有人甚至加上透明的面罩——那倒是個好辦法，據說多半的口罩無法阻擋病毒入侵，譬如我自己戴的，至多也就是一片安慰劑。市場裡的顧客沒有預期的多，空氣裡卻潛藏一種肅殺的氣氛，感覺出來人人自危。到處張貼著告示，請大家基於禮貌保持距離，任何排隊都要保持六尺的距離。原來限購的食品照樣在限購。人的內心真是無法言說，當他們稀稀鬆鬆不當一回事，禁不住地替他們著急；現在大家全面戒備起來，又為戰爭鋪天蓋地地來而驚慌，我只能倉促地回家。如此，偶而出門一次，回家後就開始計算日子，一天兩天……，平安無事地七天過後，於是慶幸這一趟大概沒有染上病毒。買菜最是辛苦，有些固然可以放置在車庫裡等病毒自然死去，多半還是需要擦拭消毒，而這些我都遠遠地做得不夠，更遑論回家立刻洗臉、洗頭、洗澡。

聽一位大陸來的朋友說，這次的病毒跟以往在國內某種病毒很像，它們怕酸，所以出門戴口罩之前，先在鼻孔裡面抹一點白醋。我照做之外，還舉一反三地用白醋清洗新鮮的草莓、黃瓜、芹菜，蘋果、梨則乾脆用洗潔精刷洗消毒；這些不需要煮沸的食物，我偶而把它們通通丟入打果汁機裡，看它們「嘩啦啦」被千刀萬剮，如果上面還依附病毒，正紛紛被切斷，斬成碎片。

我郵購了魚肝油，買不到顆粒狀的，只能買液體的一匙一匙地喝。我告訴小兒子大印，我年幼的時候害過氣喘病，靠吃魚肝油治好。也許我只是吃太多零嘴營養不良，跟呼吸系統沒有直接關係，但，無論如何，曾經氣喘可是千真萬確。「你就每天空腹的時候，喝兩匙吧。」他答應了，這使我好過許多。我實在不知道能為他做什麼。

不久，醫院的一個附屬機構打電話來，他們要大印回去抽血化驗。為什麼他痊癒得那麼快？他的血液裡面肯定有某一種抗體，可以有效地對付病毒。我想，他們會不會在百忙中出錯？上百萬個案件在他們的化驗室裡，出錯是可能的吧？也許大印染上的只是流行性感冒，我們只是虛驚一場？總之，大印自然聽話地回去接受抽血化驗，外加捐了一袋血。他回家之後，在電話裡說：「以後我會常回醫院捐血，既然他們認為我的血是寶血。」我們一起笑了。

02 一切因為熟悉

一個糾纏了我們好幾天的問題，居然在打一場球後，意外找到答案。原來有些事情亂麻一般找不到理路，而頭緒，其實藏在很淺顯的地方，太淺了，反而容易被忽略。

那是我們最熟悉的一個高爾夫球場，每當球車開到第十四洞，我心裡面就開始唸叨：「蛇公蛇婆啊，拜託您們藏好了，不要出來嚇我，拜託，拜託。」接著把車停在木柵搭蓋的飲水器旁邊，和右邊的人工湖以及左邊的老樹林成三角，在那裡耐心等待球友們發球。遠遠地看他們準備揮桿，這一洞距離很短，卻既有一個特別大的人工湖，又有高高壘起的土崗，所以要打得夠遠還要夠高，才能把球打飛過湖，然後落到土崗上面的果林，如此才通過極具挑戰性的這一洞。

我每次打到這裡就意興闌珊，因為湖裡面不知有多少被我打落的球，更休想要打上土崗。尤其再經過去年八月特別悶熱的那一天，在湖邊撞見蛇之後，從此理由充足地放棄打這一洞，也絕不再靠近這座人工湖。那天實在悶熱難耐，身上汗濕了又乾，乾了又濕，全身黏糊糊的好難受。我忽然覺得打高爾夫球很無聊，把自己搞得這麼狼狽不說，十八洞打下來就是半天，加上來回車程，一天就過去了；整天除了猛曬太陽，並沒有多少運動量，真沒意思。我索性落在後面，欣賞球場的湖光山色：雖然是人造的景，卻因為占地遼闊，且保留許多盤根的老樹和原始地形，所以，在養植的草皮之外，還是處處充滿野趣。我的球技遠不如人，向來在球場裡面遊山玩水的興致比較大。

那些球友卻個個都在摩拳擦掌，有的一次又一次練習揮桿，有的半蹲著，認真目測距離，計算如何把球一桿打飛出去；有的拿一根枯草懸空地測試風向，以便預先知道這一球打出去是順風或逆風，應該使多少力氣。我慢悠悠朝他們走去，走過湖邊，扭頭看水裡面還有沒有青蛙或烏龜什麼的，忽然隱隱約約聽到旁邊的樹林，傳出恍如拍打的「啪啪」聲迅速來到跟前。還沒有聽清，驟見一隻好大、像男人手臂那麼粗的灰褐色的大蛇，緊鄰我腳跟前快速爬過，差點被我一腳踩上！我嚇掉魂似地吸住氣。我向來怕蛇，毫無理由，就是怕，連圖片上畫的蛇都怕得不敢碰觸。片刻後回過神來，一路跌跌撞撞地朝球友們跑去——

「唉，妳怎麼了？」我的先生問。

我心頭打顫，許久才吐出：「有蛇。」

大家討論的結果是：天氣太熱，蛇要到水裡面避暑，而這一片荒郊野外的樹林裡，藏匿著這一區特有的灰褐色的大蛇，這時大概都轉移到湖裡面納涼。從此我對第十四洞敬而遠之。因為熟悉，所以清楚必須要避開這一洞。

也因為熟悉，每當打完十八洞，下午近三點，大夥到球場附設的餐廳，總是指定那個漂亮的女侍為我們服務。因為另外一個女侍有種族歧視——她有一次態度輕蔑地，把一盤菜摔到一個球友面前，犯了眾怒，大夥約好抵制她。漂亮的女侍也因為熟悉了，自動送上我們最愛的炸雞和冰啤酒，讓大夥把打掉的卡路里補回來。最後我們又心照不宣地給她雙倍小費，算是軟報復，再刺激一下那個討厭的女侍。我們都是大把年紀的人了，可還是心裡面壞壞的，不甘受辱且有仇必報。

這些點點滴滴，都因為「熟悉」使然。我心裡面靈光一閃地想通了點什麼……

究竟是什麼，卻直到那日深夜又一個輾轉反側難眠的夜，才終於浮現。白天的每一個細節：這麼多年來，球場的種種，甚至一次失敗的揮桿；或者埋頭在樹林邊緣，用球桿撥開堆積的落葉，專心找一顆不知打落何處的小白球；又或者，一隻誤爬在草皮上看來很焦急的烏龜，被我用球桿把牠挑入水溝裡；……白天的每一個瑣碎細節，都像走馬燈似的在腦海裡面晃動。至於，我之所以遠離那一洞（第十四洞），只因為對那個環境太熟悉，知道樹林裡和湖裡有數不清的蛇，牠們隨時會出沒。一切都因為熟悉，因為熟悉……。我彷彿靈光乍現，驚覺竟然找到了大山苦思不得其解的問題之答案。

大山很少跟我們談他工作上的事，第一次聽說他星期天沒法跟大家一起吃午飯，因為清早要去監獄趕不回來，我好生奇怪地追問他：「去監獄做什麼？」他只簡短地回應：「去看兩個犯人。」不肯再多說。我們日久也習慣了刑事律師的工作性質。前幾天在一起喝咖啡，看他好像有心事，還沒問他，倒聽他先開口：「我最近碰到一個案子很奇怪，老是想不通。」

我好奇地等他接下說：「我的犯人叫賓，已經快要刑滿，只剩將近三個月就可以出獄。前陣子法院方面忽然提供給他，減少一個月到兩個月刑期的機會，條件是賓要跟檢察官合作，出面為一件五年前的謀殺案做證，因為凶嫌已經找到，但需要有力的人證。」

案發的時候，賓從頭到尾在場目睹作案的過程。大山考慮到：賓如果出庭做證，很可能被牽扯進謀殺案裡，一般毒販的生活圈比較複雜，節外生枝的可能性很大。按常理，跟法庭合作絕對是正確的；但是，賓只剩三個月的刑期，法院給的條件並不算好，不如把刑期坐滿，多一事不如少一事比較穩當。

令大山驚訝的是賓居然不聽他的建議，更意外的是賓沒有聽他的建議居然做對了。「幸好賓沒有採納我的意見，那天他出庭做證的時候，另外還有兩個在案發現場的人，一起指控賓當時參與作案，賓是謀殺案的從犯。」如果賓沒有出庭，正好坐實了他畏罪，無法當場為自己辯護不說，像他們這種販毒的罪犯，多半很快就會被定罪。「賓做對了，他特別聰明嗎？預知有人要整他？做為他的律師，我感到失敗。可是，我的意見不應該出錯。我不懂，到底是哪個環節出問題？」

「他運氣好，有機會跟陷害他的人當面對質。」我一邊這樣回答的時候，一邊已經清楚自己說的只是沒有抓住要點的費話。心念一轉又說：「也許是檢察官設計好，要試探賓是不是從犯？」然而這也不可能，多半的刑事律師同時歸屬於聯邦政府，檢察官如果有那麼大動作，不至於把他瞞得滴水不漏。看到大山內心很糾結，我安慰他：「你前兩天不是才替一個犯人贏回十年，十年是很長的時間，人生裡面有幾個十年？你這個案子辦得超好。」

那是大山最近經手的另一件販毒案：犯人被判二十年徒刑，比較起類似的案件，大山認為二十年重刑對這個犯人不公平，所以在法庭上替他力爭，終於減刑十年。這麼大差距的判決讓法官非常驚訝，法官最後告訴犯人：「你要感謝你的律師。」大山那天晚上找我們開香檳慶祝。「所以說，一點失誤不要太責備自己，人生總是有起有伏，如果每件事情都很順利，你就成超人了。你絕對是很好的律師。」我再次安慰他。

我躺在床上對著暗影中的天花板左思右想，又是凌晨兩點，這是最糟糕的時段，距離天亮還很遠，卻遠不夠用來好好地睡一覺。我的韓國鄰居太太說，她經常凌晨兩點、三點醒來再也睡不著，只好起床煮咖啡喝。我這時卻恨不得立刻起來打電話告訴大山：「賓決定出庭做證，是因為他太熟悉他周圍那些人，深知那些人一逮到機會就會推他下水。」尤其兩個人串通起來誣陷賓特別有力。也許，賓在販毒的生涯裡跟那些人有過節，像大山最初所擔心的一樣，「毒犯的生活圈子很複雜」。但是，更複雜的內情外人無從知曉，只有賓自己知道，然而賓多半有他個人的苦衷，沒法坦白跟他的律師商量。賓知道自己當然要出庭，如此才不會被他的熟人暗算。

一切因為熟悉。賓熟悉他的流氓圈內是一些什麼樣的流氓，就好比我一定放棄打第十四洞，並非怕打不好，而是因為我熟悉第十四洞的周圍有蛇。而去餐廳，我們只找那個漂亮的女侍，也是因為熟悉她的服務中帶有尊重，誰願意花錢買難堪？沒想到打球幾十年從來打不好，卻打出這樣的心得，就是不必捨近求遠地往深處找答案，答案是：「一切因為熟悉。」如此淺顯而已。

03 口罩與接吻

義大利疫情嚴重的時候，在網上看到一段淒美的短片。片頭是醫院裡的亂象，眾生悽苦。一個女子在推床上被推趕著去搶救，顯然是新冠肺炎的患者，然後她被安排躺在病床上，好像還是有薄紗的帳內——也許，我只是被催眠似的陷入那種攝影的幻覺裡。女子病得像一片枯葉，奄奄一息，身邊的男子絕望地守護著她。最終，在她香消玉殞之際，男子斷然摘下口罩，伏下身擁抱親吻女子，兩人於是共赴黃泉。

看得出這是一段杜撰的小品，背景在義大利，是那對永恆的戀人羅密歐與茱麗葉的故鄉。這部影片，用兩人的愛情，引發我們去關懷當時義大利病毒擴散的慘況——許多孤苦的病人倒在羅馬街頭、佛羅倫斯街頭……，而口罩就像那一個心碎的男子手裡的毒藥或解藥，生死在戴上口罩跟摘下口罩之間：戴上口罩是一種保留，留住生死兩茫茫的相思；去掉口罩則成就一場轟轟烈烈的愛情，不能同生但求共死。

口罩就這樣在我們的日常生活裡，扮演著至關重要的角色，它除了代表基本禮貌，更關乎生死。第一次在美國看到全民戴口罩、紐約所有商家都關閉的時候，冷清的路上，只有幾個原來賣帽子、圍巾、手套的攤販，通通改賣口罩。口罩分明罩住大半張臉，每個人都蒙面了，還在乎美醜？然而，愛時尚的現代人就是有本事，戴個口罩，也要在上面做文章：有的美美的滾上花邊，有的把口罩塗得五顏六色，除了單一色澤的黑色／灰色、棗紅／桃紅、深紫／淺紫之外，還有的畫上花鳥蟲魚，或現代感十足的漫畫卡通幾何圖形，有的甚至搞笑地吐出粉紅舌頭、齜牙裂嘴等等；最近更推出，把個人的下半張臉印在口罩上，如此，只要複印一張笑臉，這一天再鬱悶不順，照樣笑面迎人。

其實我上小學的時候，每個小學生隨身必備的物品，除了一條手帕，再就是一副口罩。當時的口罩很簡單，只有兩種：一是紗布口罩，隨洗隨換；一是咖啡色塑料縫製、左右兩邊分別打三個小孔的口罩，裡邊墊紗布。那時候的口罩不為防病毒，而是用在打掃教室的時候防塵土。口罩自是不可或缺，卻從來沒有重要到，將它用來聯想生死。而今六月了，二〇二〇年已經過去一半，第一波瘟疫還沒有退去，各方媒體又開始鼓動我們，為第二波更厲害的病毒預做準備，除了各種消毒水，還是手套跟口罩。每一個聲音都在警告我們：一定要戴口罩！

我準備好裝滿一個小藤籃的口罩，儘管如此，每一副口罩還要小心使用，深恐被浪費了。有一天在超市裡面，巧遇我的鄰居蘇珊，禁足令下達之後，已經兩個月不見了，藉著四目相對，還是一眼就互相認出來，歡喜得差點忘情地擁抱。我們都帶著最保險的N九五的口罩，用力大聲說話，我從口罩裡面抽出一張薄薄的衛生紙，告訴蘇珊，回家以後丟掉衛生紙然後晾開口罩，還可再使用。蘇珊卻有更高明的辦法：「我每天把口罩放在院子裡曬太陽。」我們一起笑彎腰。回家後，我立刻拎起口罩掛到門口一棵小樹的枝椏上，盼望太陽再大一點，炙熱一點，可以曬死病毒。如此曬它幾個鐘頭，一副口罩至少可以使用兩三次才丟棄。口罩真是寶貝啊。

我的先生老是把口罩準確地蓋在口上，名副其實的口罩，我不時要提醒他拉上蓋住鼻子，可是才一轉身，再回頭看他，口罩又落下來了，理由是：「那樣不好呼吸。」我只好告訴他：「你如果感染病毒，我一定被你傳染，你會害得我跟你一起死掉。」這話起到很好的作用，他開始好好地戴口罩，為了不把病毒傳染給我。這是老夫老妻的愛情，溫熱而且實用。

進入六月中旬，紐約一帶騷動著解放禁足令，尤其經過喬治•佛洛伊德（George

Floyd）被白人警察壓頸致死，引爆種族衝突之後，全美各地一連串的爆破和示威遊行，其中很多人早就摘掉口罩，根本忘了病毒這一碼事。

父親節那一日，多少人在全家聚餐的時候大聲吆喝：「已經超過華氏七十五度（攝氏二十三度九）啦，快要達到八十度（攝氏二十六度七）啦，夏天來嘍，病毒自動消滅了。」眾人「嘩！」的一聲一起摘掉口罩，大獲解放地親吻擁抱成一團。以致幾天下來媒體又開始警告，再不維持社交距離，再不戴上口罩，疫情很快會再次失控。大盆冷水兜頭澆下，接著又是一連串疫情攀升的指數。

然而，疫情的威脅畢竟壓不過經濟效益，紐約市所有商家，在六月二十二日星期一這一天，解禁開張。惟顧客照樣要排隊進入店裡，照樣要保持社交距離，經營模式跟之前兩個多月的超市一樣。同樣地，餐館還是進不去，只能坐在戶外，紐約市的餐館哪有多少戶外空間？所謂餐館開張也就一半形同虛設了。

目前生意最好的，顯然是理髮業，我的先生三個月沒有理髮，長髮披面的他，一連兩天去理髮院觀望，每次看到長過一條街的長龍，又唉聲嘆氣地折返。我握著剪刀，催促他：「相信我的技術！」他卻因為已經堅持到這個程度了，寧願繼續堅持下去，榆木腦袋地不肯接受我的好意。

有一些商家盡責地在櫥窗上貼告示：「No Mask，No Entry.（沒有戴口罩，不准入內。）」是啊，沒有戴口罩是要共赴黃泉的，豈可不戴口罩？必須戴口罩，才能親吻、擁抱這個花花世界，但戴著口罩如何親吻呢？人生要面對多少如此困頓的兩難啊。

04 吃一張罰單

在紐約這樣的大城市開車，大概沒有人從未吃過罰單。我的第一張違規罰單是剛拿到駕照後一個月：那天近午時分，已經過了塞車的時段，我從百老匯大道出來轉彎，準備上西城公路，忽然一輛警車過來把我攔住。「妳剛才在紅燈裡轉彎。」白人警察說。

我看過很多人在確定兩邊沒有來車後安全轉彎，以為沒問題呢。「雖然是紅燈，已經確定安全也不能轉彎嗎？」我一邊打開皮夾一邊問。

「規定是這樣。」警察應。他一眼瞄到我皮夾裡有張「警察之友」的卡片，「咦」一聲，說：「妳有這卡片？」那是我們在新澤西州一個警察朋友送的，他說憑卡片在新澤西州吃罰單的時候多半可以過關，在其他州有時候也能適用。我卻忽然腦筋進水地不想求人，迅速把皮夾一合，寧願領罰單。警察見我勇於被罰，自然樂得完成任務。回家路上我一邊懊惱著，一邊試想：如果把「警察之友」的卡片拿出來會有怎樣的結果？警察會警告我：「以後開車小心！」然後讓我過關嗎？或者照樣給我罰單？如此一路左思右想地回到家裡，還是趕緊把罰款付了，因為恐怕擱置一邊日久忘掉。聽說超過三個月沒有繳納，車子停在外面的時候有可能被警車拖走；就算僥倖沒被拖走，也絕對法網恢恢，市政府不會把你漏掉，一定連本帶利地追查到底。

過幾年，我跟一位住得不遠也是台灣來的朋友，提起吃第一張罰單的經過。她聽後，傳授我免吃罰單的祕招：第一，絕不開新車。她開的老爺車是他們一個日本房客回國的時候留下來的，除了車型老舊不堪，連車體原本的顏色都很模糊。第二，她有一套哀求警察的話：「請不要給我罰單！拜託！拜託！我很窮，沒有錢。」警察看看她的車，再看她苦苦哀求的模樣，大都會無奈地對她說：「沒有錢就沒有罰單？好吧！這次放過妳，以後不可以再違規。」

據她說這個辦法屢試不爽，我卻認為不容易仿效。因為，我既沒有日本房客留下的老爺車，而平白哀求：「請不要給我罰單！我很窮。」未必能打動秉公辦案的警察。何況為了一張罰單不斷哭訴自己很窮沒有錢，未免令人難堪！沒有幾個人肯那麼卑屈求人吧？雖然一張罰單，確實可以把一天的好心情整個打散。

其實後來罰單吃得多了，發現最防不勝防的罰單是超時停車。市政府為了停車位不被霸占，使得人人有機會停車，一般停車時間是一個鐘頭，你想要付錢多停一分鐘都不可能。偶而超過幾分鐘慌張地趕去，老遠看到車窗上壓一張罰單，那個喪氣，就像壓在車窗上的是一顆倒楣的炸彈。然而也有時候，發現逾時停車半個鐘頭、一個鐘頭，抱著必死的心走到車邊，竟令人難以置信地安然無恙。幾次之後，也就練出處變不驚的態度。人生的事其實多半如此，這裡丟落，那裡撿到，昨天運氣不好，今天運氣好；不會所有的好運被你一人占盡，也不會所有霉運全攤派在你一個人頭上。凡事不要太往心裡去，儘量泰然處之便是。

好幾年前，紐約市吹起一陣風，憑監視錄影機裡的錄像給罰單，雷厲風行，連周邊的小城也跟上，弄得人人自危。我居住的小城尤其嚴重，幾乎人人都吃到超速罰單，大家一見面就罵那「路上的王八蛋」！我們的鄰居，至少有半數以上是超過六十歲的高齡長者，那陣子，警察局裡老是擠滿了等候付罰單和記過的老先生和老太太，這些人開車都不顧死活地闖紅燈或超速？後來幾經抗議，錄影機終於一個一個取消了，總算出門不用再戰戰兢兢，又可以平常心開車。

開車吃罰單，雖說警察公事公辦，遇到不良警察拿著雞毛當令箭也時有所聞。一位鄰居在高速公路出入口等待上公路，忽就上來一個警察開給他一張罰單，因為他的車輪壓到雙黃線。還好雙方都是白人，否則一定被當作種族歧視。我自己也遇過一個惡劣的警察，在百老匯大道的橫巷裡，路上正在修下水道，家家戶戶都沒水，我開車出去買來二十四瓶一箱的瓶裝水，大樓前沒地方停車，只好暫停在救火栓的前面。見一個警察正在寫罰單，我抱著好重的水趕過去告訴他：「我的車停在救火栓前面，我現在把水送到屋裡，馬上出來把車開走。」說完轉身朝大樓走去，聽警察在背後說：「我也很渴。」天氣是熱啊，我繼續笨重地朝前走。「嗨！我說我很渴！」警察大聲喊。

我這才恍然大悟地停下腳回頭，「沒問題，我給你一些水。請你拿兩瓶去吧。」我朝他邁前幾步。「我現在忙，我的車在那邊，妳放到我車裡。」年輕的白人警察應。

「好，我送兩瓶過去。」我忍住氣回答。把水抱到大樓門口放下，抽出兩瓶到警車旁邊，見車裡坐一位漂亮的西語裔女警，她稚嫩地衝著我笑。我總算明白是被那位警員利用了一下，讓他在年輕女子面前炫耀他的權力，給他長臉，而我自己則活生生為一張罰單折腰。

不過，警察也有多種多樣。有一次在我們隔壁小城李堡的停車場，那天週末有點擁擠，我的車子卡在那裡等待轉彎，一個看來七十好幾的白人老先生一路罵罵咧咧地走過來，拍著我的車頭不住口地罵。聽不出他到底罵什麼，顯然只是宣洩情緒。一個二十出頭的白人警察聞聲過來，老人忽然大喊：「她撞到我！她剛才撞到我！」更加用力拍打我的車頭。我暗想這下麻煩了！怎麼說得清啊？警察這時大聲吆喝：「她沒有撞到你！我看到她沒有撞到你！只看到你不停打她的車子！」攔住那個幾近瘋癲的老人，一邊朝我看一眼。我回過神來，趕緊趁機離開現場，總算舒一口氣！怎麼想得到出門會遇見瘋子？如果不幸再加上有種族歧視的警察，我真不知道該怎麼辦。還好社會上有良知的人到底比較多。

二〇〇八年，歐巴馬總統剛選上的那一個秋天，十一月裡一個週末下午，我和我的先生從紐約上州打完球回家，公路上靜悄悄，前後只有我們一輛車在林蔭間奔馳，忽然一輛警車嗚兩聲警笛不知從哪裡冒出來。

我們停下車，見出來一位黑人大帥哥警察，我感到不妙，荒郊野外這還是頭一次要跟黑人警察過招。他這時彎下腰，面無表情對著車窗內的我們問：「你們從哪裡來？」我直覺他問的多半關於我們的原始出處，卻不懂這關他什麼事。「我們從上州來，剛剛在奧特基爾（Otterkill）打完高爾夫球。」先生淡定地應，很羡慕他總是可以老神在在。

警察頓時露齒一笑，深棕色的皮膚襯著雪白整齊的牙齒，他順著先生的意思問：「你的成績如何？」我於是放心地聽他們閒話球技，可以感覺出來雙方有一種心照不宣的好意。因為美國有了第一個黑人總統？因為這個黑人總統有中國人的親戚？總之，他最後告訴我們小心開車別再超速，然後歡喜地道別。那天覺得特別沾了歐巴馬總統的光，好像所有的有色人種都與有榮焉。那個年輕的黑人警察心情實在太好了。

大概四五年前一天傍晚，我又在百老匯那條橫巷違規停車，真是到處找不到停車位啊，我只能坐在車裡等我的先生到大樓裡辦事，他大約半個鐘頭內可以出來。我早就被訓練得很習慣這種司機的工作，只要警察一來立刻把車開走。警察也知道紐約市停車之困難，只要駕駛員識相地立刻離開，沒有聽說警察非要刁難人。我正在駕駛座上發呆，忽然過來一個五十開外年紀的白人警察，我馬上發動車子準備走，他卻從車頭過來把我攔住，繞到車邊示意我開窗。我一打開車窗，立刻聽到他問：「為什麼妳一看到我就要離開？」

我打起笑臉回答：「對不起，我違規停車，我現在把車子開走。」

「不對，妳為什麼一看到我就要離開？」他居然繼續問同樣的話。我除了立刻把車子開走，還能有什麼選擇嗎？這時見他不肯放我走，大概要給我罰單，我熄掉引擎，試探地慢慢掏皮夾，他真的接過我的證件瞄一眼後捏在手裡，卻沒有要開罰單的意思，繼續追問：「為什麼妳一看到我就要離開？」

沒想到會被警察糾纏這麼愚不可及的問題，我苦笑著再次道歉：「對不起，我不知道你想要聽到什麼樣的答案。」

「妳只要告訴我：為什麼妳立刻要離開？」他做出一副準備開罰單要公事公辦的樣子。我不想哀求他，勉強繼續打笑臉但開始悶聲不響。天已經暗下來，他不斷重複：「開罰單？不開？開？不開？」我見到我的先生從大樓出來，他到車邊聽了一下，又返回大樓。我知道他在裡面可以看到我，總算放下心，而且，我也感到他參與進來未必更好。可是已經這樣整整僵持了二十分鐘，真是苦不堪言！警察最後也累了，繼續僵持一陣後終於放棄，他把證件還我，說：「妳看來很順眼，我不想給妳罰單，妳現在回去吧。」

我總算獲得大赦，趕緊謝他，在他身後發動引擎。我的先生也出來了。真是車開多了，什麼怪事都能碰到。如果吃不吃罰單只憑被權力那麼大的警察，看順眼或不順眼，那也太痛苦了吧？不知我將來還有多長時間可以開車？至少在未來的十年裡，希望不要再碰到吃罰單的事。

05 停止仇恨亞裔

新冠疫情到了二〇二〇年九月已經緩和許多，雖然，有效的藥物還沒有出現，大家總算在心理上接受了疫情在全球蔓延的殘酷現實。許多人開始把注意力轉移到拜登和川普對弈的總統選情上。這兩碼事應該是分開的，疫情和選情能有什麼關係？很不幸地卻跟我們在美的中國人息息相關。

九月底的一日，我從郵局出來，正往回家的路上走，老遠見到泰莉在前院耙落葉。我半跑過去，在她背後叫：「泰莉！別累壞了。」

泰莉回頭見到我，一陣驚喜。雖然是鄰居，疫情之後，我們快一年沒見面了。她憂愁地拉長臉說，她的園丁感染病毒，「我現在什麼苦活都得自己幹。」我們在路邊聊起來。我後退一步拉下讓我說話不舒服的口罩，聽泰莉接著說：「自從園丁感染病毒，我自己一個人在院子裡也戴口罩。聽說病毒會在空氣裡面停留四到六小時。我們這附近幾個小城，亞洲人很多，空氣裡面都是病毒。」她也拉下口罩，再重重地補上一句：「當然這跟妳沒關係。」

「妳在說什麼？」我吃驚地問。猜想泰莉只泛指亞洲人，沒有直指我這個中國人，已經自認為很客氣了。只是，如果所有人都相信華人攜帶病毒，這會跟我沒有關係嗎？

泰莉見我臉上變色便轉移話題：「我前幾天已經把選票寄出去了。妳也寄出去了嗎？」

我告訴她，要等十一月三日選舉日那天親自去投票。「妳要投給誰？」泰莉故態復萌冒昧地問。泰莉向來如此，就連移民問題，在我面前也從不避諱地一提再提。而且不論她怎麼反移民，總說反移民跟我沒有關係。

我且不回答她的話，反問她：「妳投給誰呢？」

「川普。」泰莉毫不猶豫地回答。

「川普一口咬定病毒來自中國。」我說到這裡為止，沒有說出真正的憂慮——如果川普連任，不知他要怎麼更厲害地在全美煽動排華情緒？

泰莉卻淡定地問：「不是來自中國，那妳認為病毒來自哪裡？」

「我不知道。沒有人知道病毒來自哪裡。每個地方都有人不斷死去，都一樣淒慘，我不能隨便說有誰故意丟出死亡炸彈。」我不想跟她繼續談下去，揮手走了。

我一路想著：泰莉算是朋友嗎？雖然我們可以隨時一起坐下吃喝聊天，卻一碰到種族問題，她立刻就變個人；現在碰到病毒的源頭問題，她自然也馬上變個人。這種人能算是朋友嗎？泰莉是個老小姐，一直在市政府上班，前幾年才退休；她的老母親也在同時魂歸天國，剩她一個人住在大房子裡。閒來無聊的她，常常幫朋友遛狗。有時我出門旅遊，也託她到後院幫忙餵野貓。

細想一下，我的老外朋友多半是泰莉之流，如果泰莉不算是朋友，可憐的我幾乎沒有朋友了。就這麼邊走邊想著，越想越喪氣，走到兩邊黃葉參天的樹林，心裡才舒服了點。因為這一小段路沒有住宅，也就沒有窺視的眼睛，在研究我是否攜帶病毒！

兩年了，為了病毒的源頭問題，一直生活在這樣的陰影裡。而這期間殺害東方人的歪風越演越烈，被殺害的多半是婦女和老人。台灣的友人好心詢問：「美國為什麼變成這樣？我們還可以去旅遊嗎？」

「儘管來吧，沒事的。」我不知為何這般回答。我怎麼能保證在他們旅遊期間，不會碰到一見東方人就要殺害的瘋子？我可從來沒有那麼樂觀地以為，在我的有生之年不會碰上種族問題，或者我的兒孫輩不會碰到種族問題。我居住在曼哈頓的兒子就說過，他每天走在街上總是隨時準備打鬥。我卻為何要裝作沒事？是不肯被當作笑話？因為故鄉已經回不去了。就算我能回去，我豈能只顧自己保命不管兒孫？這裡就是兒孫的故土，他們能去哪裡？如果他們無處可去，我也就無處可去。真沒想到二〇二〇年是如此艱難！疫情蔓延還不夠我們心驚膽戰嗎？還要面對更殘酷甚或屈辱的種族問題？

二〇二一年三月二十七日，我去隔壁的小城參加「停止仇恨亞裔」的集會。從現場的看板和橫條來看，都是華人商家在支持，群眾卻大都是韓裔。參加集會之前，我曾邀三家附近的同鄉一起出席，卻三次都被拒絕，也沒聽出拒絕參加的理由，反正就是不肯。我一隻眼睛剛做過手術，只好拉著先生跟兩個孫子一起去。兒子大山知道後，說他學過功夫，要充當我們的保鑣。媳婦正在參選州議員，她陪我們到現場後就被接去其他場地了。

那天與會者約兩百人，在兩邊交通繁忙的廣場上，人數雖然顯得稀疏，但至少不是小貓兩三隻。出席的官員包括市長、議員等，他們一一上台，表示絕不姑息暴力，絕對跟每一位東方人站一邊，信誓旦旦地表明有拔刀相助之意。一位官員甚至給出他的手機號碼，要大家如果被欺負，第一時間通知他，他一定設法立刻趕到。所有這些承諾聽起來雖然遙遠，至少知道政府是支持我們的。如果有一天政府翻臉了，可該怎麼辦？接下來是附近幾所高中、初中的小女生，上台無辜地訴說，不明白家裡父母親為何不讓她們出門，為何出門恐怕會被殺？後來雖然明白了，還是無法了解。她們不慍不火地娓娓道來，沒有大道理卻情真感人。我告訴兩個孫子說：「她們表現得很好。」兩個孫子沉默以對。

今年初，又藉農曆年找兒孫回家聚餐。其實我會燒的菜乏善可陳，只能叫外賣回家。我們吃得也簡單，我的先生是個熱河老土，過年只知道吃水餃，於是三四盤水餃，搭配幾樣菜就可以成席。席間，聽大山興致勃勃地問我的兩個孫子：「如果讓你們回到歷史上任何一個年代，你們可以做改變世界的事情，你們希望回到哪一個年代？」

一半韓裔的十五歲的大孫子奇凡立刻應聲：「希特勒的時代。」

我聽得暗自詫異，正要問為什麼時，坐我身邊十二歲的小孫子亦凡，卻立刻發表意見：「希特勒的時代，我只能對付嬰兒期的希特勒，可是我不能殺害一個嬰兒，這可怎麼辦？」

奇凡回道：「希特勒曾經很希望當一個畫家，但他畫得不好，被維也納的藝術學院拒絕錄取，在街頭賣畫的成績也不理想。我們要幫助他成為一個好畫家，讓他專心作畫，沒有時間思考怎麼滅絕一個種族。希特勒是一個很壞的示範，他不應該存在任何一個時代。」

我們幾個大人在旁邊聽得驚訝不止，一時都啞口無言。誰也沒有想到自二〇二〇年至今，因為病毒源頭的問題，所引起的排華歪風，竟這般撞擊一個十五歲孩童的心靈。餐室裡面的空氣很僵，我著急起來，這是在慶祝中國新年耶，怎麼可以這樣。於是，我努力打破僵局地晃一下手裡的酒杯，說：「希特勒的破嘴甚至說波蘭人是蟑螂，我們敬愛的蕭邦是波蘭人呢。希特勒算什麼東西！」大家「嘩」的一聲，鬆了口氣似的笑了。韓國媳婦艾琳開始為大家準備烤鴨，農曆年吃北京烤鴨，永遠是我們的最愛。

06 摩登乞丐

兩年前的秋天，我和先生在巴塞隆納停留四天，每天下午先生回旅館休息，我便到著名的蘭布拉（Rambla）步行街上閒逛。我們住的旅館在步行街旁邊，出門不遠，見到街邊有個乞丐，坐在一小塊舊地毯上。第一天我急著去參觀，匆匆從他面前走過。第二天，走過之後不經意地回頭，想到我口袋裡面有零錢，於是走回去彎下腰把一塊美元放到他前面。那一瞬間注意到他灰藍色的眼珠當中有一點閃亮的藍，像從深海潑灑出的一點藍。他用英語謝我，一邊從他身邊的布袋掏出一塊寶藍色玻璃，迅速在掌心擦了一下之後遞給我，嘴裡咕嚕著大概是祝好運之類的話。

我微微吃驚，居然有不肯白拿錢的乞丐，而且一塊美元可夠用來買造型這麼好的藍色玻璃？看起來有點像第凡內的設計師艾爾莎（Elsa Peretti）的扁豆。乞丐約四十出頭的模樣，如果把臉洗乾淨換身整潔的衣服，應該滿瀟灑。「Gracias！」我反過來用西班牙話謝他，當著他的面把寶藍色玻璃裝進小錢包裡，這才離開。逛完街回旅館他已經不在那裡，後來的兩天也沒有見到他，猜想是被警察趕走了。

去羅馬的飛機上，一路望著窗外大朵大朵浩浩蕩蕩的白雲，白雲之外恆定純淨的藍天，不由得想起我皮夾裡那塊藍色的玻璃，和那個滿臉憔悴的乞丐。選擇做乞丐必然有他的理由，因為極端懶惰？或厭世？更或者玩世不恭？

我們每日從家裡去曼哈頓的華盛頓橋上，常見一兩個乞丐在那裡要錢，不知有多辛苦才能爬到公路邊上。頂著大太陽伸手要錢也就罷了，冬天也瑟縮在那裡，哈德遜河上的風又特別冷冽，又不論怎麼塞車，也難得有人有足夠時間停下車給乞丐錢，簡直不知乞兒們到底所為何來？我的先生看他們留在那裡，於他們自己，於公路上的駕駛人，都太危險，幾次打電話給警察，但乞丐們總是被驅趕幾天之後又回來。想必那是他們喜歡的生活方式，或者是他們挑戰生存的方式，跟能不能要到錢沒有直接的關係。

許多年前，參觀新澤西州紐瓦克博物館的時候，看過一大幅畫作描繪初到美洲大陸的英國移民會見印第安人，白人自然食物充裕，印第安人可憐兮兮地伸出手，面對那麼財大氣粗的白種人，顯得十分卑微。旁邊一行字，更讓我觸目驚心，那上面說：

「食物是給擁有的人，不是給需要的人。」何其殘酷，卻又何其真實。

我直接聯想到我最初印象中的乞丐。在台南太子宮的老家，一到吃午飯的時間，有個乞丐就會出現，他細長得像竹竿，臉上滿清秀，總是從我們敞開的邊門進入三合院，然後站到我們飯廳的門檻前面乞討。他的大碗缽裡面多半已經有鄰居給的殘羹剩菜，我的祖母一定把他碗裡加滿。有一次聽祖母告訴他：「等一下再回來，我們還沒有吃飯。」我那時候約五六歲，當即下餐桌把手裡一隻雞腿遞給乞丐，被祖母半路攔截住，祖母臉上微笑著，乞丐臉上也清淺地笑著。我記不住數學裡面各種方程式、公式，對這類無用的瑣碎卻牢牢地記一輩子。

我童年裡的乞丐因為衣食無著而乞討，是自古以來的世間常態，摩登乞丐卻不是這樣的。

清晨我們車子照例從西城公路一百二十五街出來，那一段我第一次吃罰單的岔路口，通常擁擠忙亂，卻偶而也有乞丐留連。某日，有個年輕的白人女子近前叩我們車窗要錢，先生一邊按下窗子，一邊從車座間摸出兩個兩毛五分（quarter）的銅板要給她，她不接只管看著銅板問：「我只值兩個quarter嗎？」

我們來不及反應，在車後大片喇叭聲中慌忙離開，等到百老匯大道上，我忍不住笑：「她好有意思。」

先生回說：「她是吸毒的。」我猜也是，否則那麼年輕的女子，何必如此？聽說，毒品可以把人的意志完全消磨掉。

大約二十年前，距離哥倫比亞大學五六條街的百老匯大道上，經常一連幾個星期，早晚都有一個年輕纖瘦的白人男子跪在寬大的人行道當中，他一言不發，但雙手捧一個塑料碗，捧累了就放在地上。總之，讓人一目了然他在乞討。我每天路過那裡，如果遇上他剛好起來活動筋骨，就停下腳把零錢給他。在他下跪的時候，一定遠遠地避開趕緊走過，因為我給的零錢哪能算恩惠？根本不值得他下跪。實在不懂，他怎麼想得出如此令人難堪的乞討方式？那麼直挺挺地跪在人行道當中，虧他想得出來。

有一天傍晚，跟兒子約好一起吃飯，正走在路上，聽見背後有人叫喚兒子，回頭見是那個乞丐，聽他們稱兄道弟互相問候。「生意不好，你應該趕緊改行！」兒子對他開著玩笑。我們走開後，我好奇地問：「你為什麼跟他那麼熟？」兒子說那乞丐原來在校門口，他出入校門經常給錢，日久也就熟了。「他說這一帶的人，沒有我們學生大方，但他被校警趕走了。」

我笑一聲：「他倒是乞討出心得了。其實他如果肯工作，何至於要當乞丐。」

商業社會鼓勵所有人消費，有錢沒錢都要儘量花，把生活架空之後，結果造就出一批活在夢幻裡的人，他們有一套生活哲學：如果不能打一通電話就賺取幾萬元，寧可什麼活也不幹。他們最終便淪落為乞丐。猜想摩登乞丐是這樣造成的。

那天之後不久，一個朋友在當時的俄羅斯茶館（Russian Tea Room）請吃飯，我去百老匯大道上一家巧克力專賣店等著買糖。這家老字號巧克力店遠近聞名，在裡面經常要排長龍。我耐心地等著，心裡面細細想著要買什麼味道的巧克力：一層薄薄的巧克力裹橘皮的最好吃，這種味道要占一半，另外再搭配黑巧克力和巧克力慕司，也許再加幾顆摩卡咖啡味的……。我想得都要流口水了還沒有輪到，門口卻又進來一個人，一看之下，竟然是那個老在路當中長跪不起的乞丐。

他這天臉上、衣服上都比較乾淨，卻沒精打采，不像平日總多少帶點興奮。不知他將要怎麼別出心裁地在店裡面乞討？那幾個店員會任他向僱客乞討嗎？我正無聊地等著看好戲時，他誰也沒看地進去，逕直朝著排在我背後一個衰老的男人走去。沒聽他們有什麼交談，老人一定也跟我一樣，知道眼前的年輕人是乞丐，他動作緩慢地摸出皮夾，從薄薄幾張鈔票裡抽出一張二十元遞給乞丐。乞丐接過錢，悶聲不響立刻轉身走了。我向老人說：「你不要給乞丐那麼多錢啊，他每天都會跟你要的，看他多半在吸毒呢。」

「他是我兒子。」老人說。

我倒抽一口氣，驚得說不出話來。是啊，怎麼從來沒有想過乞兒也有父母？乞兒也被父母愛過、指望過，最後卻終於放棄。

好不容易輪到我買糖，付完帳臨出門前，特別扭頭看老人一眼。他手上拿一小紙袋沒有包裝的糖，顯然是給自己或家中的老妻買的。我站在那裡等了一會，如果他抬頭，我想跟他說聲再見。可是他低垂頭很慢地在掏皮夾，我於是推門出去。雖然每天在百老匯這一段來來去去地走，如果有機會再見到他，多半也就是擦身而過。茫茫人海盡皆陌路，我卻隱然為老人心痛著。

07 蘿拉和她的房東

宏大清早就到法院裡，沒有多久，蘿拉也來了，這麼準時，使宏有點意外。他知道要蘿拉早起有多麼困難。這些遊手好閒的南美人，實在懶得離譜，半點志氣也沒有。

蘿拉才二十七歲，已經是三個孩子的母親，三個孩子有三個根本不知道在哪裡的父親。最大的兒子已經十五歲，經常不去上學，在家裡閒混。

蘿拉長得身材適中，十分艷麗，每天睡到中午起來，打扮漂亮了，專候男朋友到來。男朋友來了，就會給她個十幾二十塊，要不然她就一個錢也沒有。她領到的社會救濟金，當然只夠餬口。還好房租由市政府直接付給房東宏，所以，宏跟蘿拉之間並沒有什麼過不去。

只是，蘿拉的兒子有一群壞蛋朋友，經常在大樓裡進進出出，把穢言穢語塗在牆上，還經常在電梯裡面小便。宏決定不再忍耐了。

有一天找來蘿拉，告訴她願意付點錢請她搬家。蘿拉認為她住到哪裡反正都一樣，而且，這位中國房東對她一家人不錯，她的孩子常常跟宏伸手要錢，從來沒有被拒絕過。現在雖然要她搬家，卻肯付搬家費，蘿拉因此一口答應了。

宏過去跟她招呼，怕她在法庭裡不會應對，又把應當怎麼對答的一套話，向她耳提面命一番。好不容易輪到他們站到法官面前，蘿拉有點怯場，法官的助理把她叫到一邊問：「妳真的想要搬家嗎？妳要搬到哪裡去？」

蘿拉喃喃地答：「我不知道。」

法官助理盯上一句：「妳不想搬家？對不對？妳根本不想搬家。」

「我是不想搬呀。」蘿拉答。

助理立刻告訴法官：「她不搬家。」

宏聽了趨前一步，大聲力爭：「法官大人，她告訴我，她要搬家。」

法官望宏一眼，四目交接，兩個人忽然一起笑出來。宏知道了，這一次輸定了。果然，法官大聲宣判：「她不搬！我如果使紐約市多一個無家可歸的人，明天就會上《紐約時報》。」法庭裡一陣哄堂大笑。

宏嘆一聲，出了法院，蘿拉追到他旁邊，默默跟了一段路，宏懶得理睬她，她卻開口了：「宏先生，我需要車錢回家。」宏從西裝褲口袋裡摸出一張十元鈔票給她，想了一下說：「蘿拉，這樣吧，我在樓下整出兩個房間給妳，這樣妳兒子就不必在大樓裡上上下下坐電梯。太多人跟我抱怨，他和他的朋友在電梯裡小便。」

蘿拉嬌聲答應了，又飛了一個媚眼向他告別。宏苦笑，蘿拉隨時隨地暗示他：只要宏願意，蘿拉什麼都肯。真是可憐人！一代一代上演同樣的悲劇。誰敢去招惹那種女人？他可不想把大樓拱手送給她。

愛恨情仇的日子

08 我也有憂鬱症

那日清晨開始下雪，雪花稀稀疏疏地飄落，太陽猶自微弱地映照窗外的草皮和矮樹叢，上面薄薄地覆蓋一層白雪。不遠處，三隻鹿在雪地上歡蹦亂跳地嬉戲，那可能是牠們忘掉飢餓的方法。聽說鹿兒在冬天靠啃樹皮充飢，我卻見過牠們斯斯文文地嚼咬松樹針。我已經穿戴好，正在廚房裡等好友貝蒂過來按門鈴，大約半個鐘頭前，說好陪她去看她女兒。「我怕一個人在雪地上開車，我怕我女兒不知道出什麼事了，打電話一直不接。」貝蒂在電話那頭怕怕地說。我猜想她只是杞人憂天，但還是答應陪她去。

華盛頓橋上，大卡車攜帶著輾壓的沙沙聲，一部接一部從我們身邊急駛而過，貝蒂盯住前面的車道，一邊說：「等一下經過法拉盛的時候，我想先去買一碗魚片粥帶給我女兒，妳看好不好？」

我還沒回應，聽她接下說：「算了，那麼一拐出去，又多一個鐘頭。她也不見得要吃。」

很早以前就聽說，貝蒂的女兒卡洛琳，在一所昂貴的私立小學教書，嫁了一個老外，去年分居了，正在辦離婚。我也覺得卡洛琳這時未必想吃魚片粥，因此沒有接腔。車子出了高速公路進入長島，雪花還在不斷飄落，兩邊開闊的雪景越發地美麗了。我們找到公寓大樓，在卡洛琳的公寓前按了好久的門鈴，我提醒貝蒂：「妳沒有鑰匙嗎？」

貝蒂這才慌亂地找出鑰匙，我跟在她後面進去，客廳整整齊齊不多幾件家具，裡面的臥室漆黑，貝蒂進去拉開窗簾，太陽瞬間閃身而入。卡洛琳半蓋著毛毯，四肢鬆弛地仰面躺在床上，貝蒂上前拍打她的臉頰，一邊大聲喊：「卡洛琳！」卡洛琳微弱地哼聲，知道了她還有氣息，我於是鎮定地撥打急救電話。

我們在醫院的急診室陪卡洛琳，吊過點滴之後，她的氣色開始好轉，卻不斷唸叨著她沒有病要回家。貝蒂好不容易安撫住她，等驗血結果一出來再做決定。結果卡洛琳一切正常，醫院也允許她出院。已經下午三點，外面雪也停了，鏟雪車來來回回在車道上鏟雪。我們就近找一家餐館吃飯，卡洛琳因為麻煩到我而表示歉意：「阿姨，不好意思。」她特別用中文說。

我對於她慘白著臉躺在床上的一幕，實在困惑，因此問她：「妳是不是因為沒有吃飯，所以昏倒？」

我告訴她們，曾經認識一位台灣來的富家千金，新婚的先生出差兩天，她一個人在家裡，習慣有傭人隨侍左右的她，忽然少了平日裡照顧她的先生，頓時一籌莫展。等先生回來，見她昏倒在地上嚇一大跳，後來才知道是餓昏的。

卡洛琳聽後咧嘴一笑，說她沒事。貝蒂對著她已經四十三歲的女兒，微微責怪地說：「妳再怎麼樣，也不可以不吃飯，不可以任性。」

「我不是任性。」卡洛琳細聲回應。

她們母女這般交談，我插不上嘴。其實我舉那個富家女的故事，下意識裡只想要說一個笑話調劑大家的心情，同時撩開迷霧般的狀況。如果昏迷純粹是餓出來的結果，整樁事情就好辦多了。貝蒂還是再三叮囑：「要好好吃飯，吃飽飯心情才會好。」我發覺貝蒂其實沒有什麼話要對女兒說，她自己離婚二十多年了，平常做義工加約會再加應酬，已經自顧不暇，除了過年，難得聽說她們母女見面。那天，很明顯看出，貝蒂願意相信卡洛琳是餓昏的。

卡洛琳長得很美，高挑身材且五官精緻，貝蒂一談到她這個女兒，總是驕傲地說卡洛琳英文如何好、如何喜歡閱讀，特別偏愛古典文學。卡洛琳確實給我聰慧敏感的印象，那天卻看她的身體，像一具沉重的橡皮被抬上擔架。原來，再敏銳的生命也可以瞬間遲鈍、萎縮。之後在醫院裡，只因為注射一袋普通的葡萄糖，卻像被注入還魂劑或回春的藥水，奇異地重新活過來。如果，我們當時多用心去想：病原既不在肉身，究竟在哪裡？如此，對於日後的發展，是否會出現起死回生的效果？或者還是命相裡那句讓人心驚膽戰的話：「閻王要人三更走，不會留人到五更。」

我和貝蒂依舊經常一起走路運動，一起在我家裡喝下午茶。我們總能找到共同的話題，三天三夜也談不完。只是單身的她節目繁多，每次都在興致最高的時候突然跳起來說：「我要走了。」然後把她自己那份刀叉杯盤拿去水龍頭底下隨意一沖：「好了！」

我過去看一眼：「妳平常就這樣洗盤碗？」我問。

她把我的號稱白宮宴客用的凸金細花瓷盤，舉得高高的，哈哈一笑：「很乾淨呀。」

我嫌她邋遢，她毫不在意。我說她讓我想起五六歲的時候，在太子宮村裡的老家，看一位阿嬸吃完飯，用一雙筷子飛快地扒乾淨碗底，然後舉起粗陶碗看了又看說：「很乾淨，免洗啦。」說到這裡，我們一起笑得前仰後合。我有幾次想要問她卡洛琳的近況，可是看她真真假假那麼開心的模樣，知道她一個人生活其實不容易，從來不捨得掃她的興。

有一天實在禁不住問她：「卡洛琳好嗎？」

「她身體很好，心情也不錯。」貝蒂如此回答。

我問她，那天之後有沒有再去看過卡洛琳。她回說，卡洛琳不想跟她見面。「年輕人，陪伴朋友一定有空，就是沒有空給老媽。」

我無言以對。卡洛琳那天看似昏倒的症狀，老是盤旋在我心裡，我隱然感到那是危險的情緒問題。想到至今偶而還會騷擾我的，一種突如其來極度低壓的情緒。追想起來，自所謂的更年期開始，總是特別在黃昏的時候，太陽快要落盡，屋裡昏昏的，我本該點燈，卻沒有，一個人沉靜地坐在沙發裡，忽然，隱隱的一點心痛，自心臟裡面冉冉伸展，沉重地下沉，再下沉，以致像爛掉一大塊般痛極。初陷這種境況，我不知所以地沉浸其中，渺小的身軀承載著好大一顆腐爛的心臟。還好偶一回神，想到幾分鐘前，我才在煲電話粥，跟朋友聊得好開心，我今天很快樂！那麼幾天前、幾個月前呢？我也沒有憂慮，完全沒有！我無憂無慮。如此確定之後再告訴自己，這般惡劣的情緒其實無緣無故，「等一下就會過去，等一下就會過去」。一定要這樣告誡自己。我是這樣獨自默默地、一次又一次渡過難關。多年後才聽說，每個人或深或淺都有憂鬱症，那麼，我也有憂鬱症。只是，卡洛琳的程度跟我一樣嗎？這點經驗到卡洛琳那裡可管用？她正在辦離婚，怎可能無憂無慮？她需要心理建設。想到這裡，我一躍而起——「卡洛琳需要心理醫生。」我在電話裡告訴貝蒂。

「嗯，我來跟她說說看。」

我如釋重負，終於把糾結在心底的話說出來了。

兩個月後的五月裡，我去洛杉磯看老母。跟母親在一起的時光寧靜甜蜜，我幾乎切斷在紐約所有的牽牽絆絆，單純跟我的老母在一起，種種花，摘摘菜，時而餵飛到院子裡的野鳥。直到五月過後才回到家裡，次日清晨等不及地找貝蒂一起出去走路。她卻有氣無力地回說：「不走了。」

「生病了嗎？」我問。一邊暗自納悶，我們不論傷風感冒，不論冰天雪地，也要出去走路的。

「卡洛琳自殺死了。」貝蒂在電話裡的聲音僵硬得像石頭。我頓時如五雷轟頂，摸索著到椅邊坐下。

「什麼時候？」我在喉嚨裡問。

「母親節。」

「怎麼會這樣？」我自言自語。

貝蒂在電話那頭說：「我去參加了她的葬禮，她先生給她辦的。」

我終於明白，卡洛琳多麼恨那個還是她丈夫的男人了。她要那個男人埋葬她，還要冠夫姓。卡洛琳也恨她母親嗎？或者，在摯愛至恨間糾纏得沖昏了頭，使她忘了母親節。

那一刻，她的心不知腐爛成什麼樣子才會墜落谷底摔成粉末！那一刻，她一定孤獨至極，如果當時有人介入……，就在那一刻去到她身邊……。像那個下雪天，我們正巧趕去看她一樣。這些年來，常常想問貝蒂，是否知道卡洛琳有憂鬱症？她有沒有找過心理醫生？卻再也不忍心跟貝蒂提起卡洛琳的名字。

09 夜宴

葛蘿太太家的宴會，向來是我們大夥最盼望的。葛蘿先生是紐約的地主，每年夫妻兩人兩個生日宴，款待所有親戚朋友總是非常慷慨。我們因為他有法國餐館、義大利餐館、日本餐館做房客，而嚐遍這些國家的美食，也體驗到紐約豪奢的夜生活，尤其在夜幕下見識到另一番人情世故，一再讓我玩味不已。譬如有一次，葛蘿先生的老友彼得，宴會剛開始，忽然端著酒杯宣布：「我的司機在樓下等候。」彼得是成功的電器用品供應商，在華人聚居的法拉盛邊緣有特大的倉庫和辦公室。他五十出頭從未曾結婚，據說是因為對女人太小氣。

他這時這麼大聲一說，滿堂的人都靜下來。其實每年在葛羅先生的宴會上見面，互相都已經很熟悉，大夥都知道彼得不是政要，也非大公司總裁，不懂他忽然間為何自己不開車卻要請司機。做主人的葛蘿先生平日裡很有紳士風度，當時卻放下手裡的酒杯，反問：「你哪來的私人司機？」接著催逼彼得：「走，我跟你到樓下，帶我去看，真有你的私人司機等在那裡？」說著拉住站在一邊的外子，三個西裝筆挺、打著領花的大男人，頓時像頑童似的一起下樓。臨下樓，葛蘿先生對著愣住的我，拋下一句：「妳在這裡等答案。」

過十分鐘，三個人若無其事地，一路聊著紐約的房地產回來，完全不管全廳裡屏息以待的氣氛。幾個熟悉的男客於是帶頭擁向外子，壓低嗓門問：「結果怎樣啊？」外子微微抬起一隻手搖了搖。大夥很有教養地一起閉口不語，而老光棍彼得，則垂頭喝悶酒。整個場面之荒謬、之真假虛實難辨，使我暗自心驚不已。那種強烈的震撼，使我聯想起另外的一次，葛蘿太太因為在大都會博物館當義工，自有管道借用博物館的法國餐廳請客。博物館的大門已經關閉，我們從特別打開的邊門進入，三三兩兩的，在昏暗的大展覽廳裡，穿過中古時期、一座又一座沉默的雕塑。隱隱的光照下，恍如行走在時光隧道裡。

餐廳在二樓，那天的菜式跟外面的法國餐館沒什麼兩樣，只是我在那裡第一次吃到蝸牛，是開胃小點，十分美味，不是我原以為的黏黏糊糊的怪東西。晚飯過去大半時間，主菜已經撤下，鋪著雪白餐布的兩張長桌上，刀叉、杯盤狼藉。我們正在等待男侍清理桌面，再送上甜點。一個搞財經的年輕白領，突然搖搖晃晃地站起來：「對不起，我剛才不應該說粗話，我要向各位陪罪。侍者！侍者！請上兩瓶夏多內（Chardonnay），帳單歸我。」我好奇地向前後左右打聽出來，那人說的粗話竟然是關於「手淫」。他那兩瓶陪罪的白酒，據說花了兩百美元。

這些都是夜色和美酒烘焙出來的變調的曲譜，而令我迷惑的總是：不知是夜間或日間的行為更接近人性？然而無論怎麼樣，因為他們如此這般「戴上面具或摘下面具」，卻豐富了我平凡枯燥的人生。

葛蘿太太永遠是一流的女主人，她請客的規矩是：不論在哪裡吃飯，一定先到他們在東城七十二街的家裡，喝香檳，吃點心。他們家的小點心精美無比，一道道小小的烘餅裡，盛著不同的內容——鮮蝦、魚子醬、各式燻魚，由操法語、穿滾花編制服的俏女僕托出來，讓人很難拒絕。半個鐘頭後，再浩浩蕩蕩去餐館，送上來的還是四道菜的大餐，最後再加一道甜點。而客人回送的禮物，有時是請來一個在布希總統跟前演奏過的提琴手的表演，或者賓客中一位女高音即席演唱一段歌劇；更或者別開生面地，由每一位賓客輪流站出來，對葛羅先生講上一段歌功頌德的話。

那次吃飯的餐館在第五大道五十五街，一家有五十年歷史的老法國餐廳。我們一大夥人被安排在樓下的套房，裡面有小酒吧和一張特大的長桌，葛蘿先生右邊坐的是巴勒維時代伊朗駐聯合國大使的小太太（不知是第幾任），她有個稀奇的名字Godzilla（哥斯拉，怪獸、爬蟲）。大使是巴勒維的表親，這天晚上坐在葛蘿太太的右邊。Godzilla來自德國，比大使年輕約二十五歲，中等身材、略高，長髮中分後在額角兩邊鬆鬆夾住，很像五〇或六〇年代的女明星。她偶而才陪大使出席宴會，因為聽說，他們家裡沒有傭人照顧兩個女兒。

我後來好奇地跟她做朋友，中午把她請到家裡，聽說她喜歡吃辣，帶她去附近的韓國餐館吃飯。記得她說起，有一次一個非洲酋長請他們吃駱駝腦，好大一盤駱駝腦，大使死不肯吃。她怕拂逆了主人的美意，只好硬生生把整盤駱駝腦吞掉，卻實在忍不住，又「嘩！」一下，通通吐出來。我問她駱駝腦什麼味道，她說什麼味道也沒有。我覺得她是個率真的人，就像在宴會裡初次見面，她笑嘻嘻地告訴我：「我有個滑稽的名字，叫Godzilla。」葛蘿太太曾說她是典型的德國婦女，十分顧家，十分關心孩子。可是，那次在宴會裡，也許因為多喝了兩杯，或因為夜幕低垂，使她的容顏變得蒼白扭曲。

大使在長島原來有棟別墅，被Godzilla炒股票賠掉了。房地產業不太差的時候，大使曾想過賣掉他的公寓。他們在東城七十街，第五大道上的公寓有十個房間，如果賣掉，可以到南方買個小房子，剩下的錢做生活費，大使已經很久沒有固定收入了。

Godzilla在男主人旁邊，不知怎麼起頭的，竟歇斯底里地訴起窮來：「婚姻裡面最重要的就是金錢，沒有金錢，所有的承諾都變成空話，所有的感情都變成虛假——」

坐在我旁邊，一個在人權組織協會工作的女孩立刻反駁：「婚姻裡面最重要的絕對不是金錢，只要兩個人都有工作，絕對不會貧窮。」那個女孩是主人小女兒在法國學校的好友，吃飯前告訴我，她認識劉賓雁，劉賓雁所有對外接洽及翻譯的工作，都由他太太料理；又說出幾個六四民運份子的名字，也許是她怪腔怪調的發音，我一無所知。女孩滿漂亮，又滿有靈氣的樣子，她吃素，盤裡的鵝肝、牛肉一口都沒有碰，只吃一點海鮮、生菜，喝小口酒應酬。但是，嘴裡不停地說來說去，無非說：男女工作賺的錢，有一部分可以儲蓄下來，生活一定沒有問題。所以金錢絕對不重要，扼殺婚姻的絕對不是金錢。

Godzilla則神經兮兮地說著另一套，說到後來拉住男主人的手不放，一下子把男主人的手搖來搖去，一下子把臉頰貼在上面。男主人只好低頭吻她，她亦熱烈回吻。葛蘿太太坐在長桌的另一端，一心一意在跟大使和旁邊的法官太太說話。但是，我知道葛蘿太太一定通通看進去了，她一定心裡面不舒服，但也一定不會因此就跟Godzilla過不去。

回家的車上，外子不住地罵：「大使的太太實在可惡極了，妳有沒有聽她不停地在損她先生，說她先生每年賺四百萬，這個女人實在太可惡了！一點義氣也沒有。」大使很有學養，平日用法文著書立說談文史方面的問題。但是，聽我的先生這樣言重，我沒有接腔。已經半夜十二點了，還要留點力氣回家做SIT-UP（仰臥起坐）消食。外子見我竟沒有附和他，補上一句：「大使整個晚上老是閉著眼睛，他什麼東西都沒有吃。」

我雖然同情大使，卻脫口而出：「活該。」老公一下閉嘴，默默地開車，過了好久終於說：「老鬼自作孽，的確活該。」我笑出來。從前聽一個女友說男人很不實際，原來是他們從來不肯面對要點。這樣華麗的夜宴，是葛蘿太太辛辛苦苦整出來的，怎麼可以一路罵回家？

10 參加合唱團的日子

回想起來十分甜美，我也有過一段參加合唱團的日子，唱的還是我根本不敢窺視的拉丁歌曲。這要從我的鄰居瑞秋教授說起：某日，我們在她挑選的波多黎各餐館共進午餐，在上城百老匯大道上，三個巴士站就到波多黎各大學，方便她飯後去教課。餐館內正在播放〈Quizas Quizas Quizas（或許，或許，或許）〉，一屋子西語裔的顧客，一起捲著舌頭嘰哩呱啦逕自說他們的西班牙話，只有猶太裔的瑞秋教授和我安靜地坐在一邊。我對拉丁音樂裡面奔放的熱情雖然嚮往，多半時候把那點火苗關閉起來，僅止於欣賞，在欣賞中短暫地釋放自己。瑞秋教授正在點菜，我放鬆地跟隨音樂打著節拍，「Quizas Quizas」——是我耳熟能詳的單字，我小聲哼唱起來。女侍一轉身，瑞秋教授便問：「妳喜歡拉丁音樂？我們有個課外的合唱團，除了在校的學生，也開放給社區的人參加，妳要不要去？」

我一想到可以好好地學幾首像〈Suavemente（輕輕地）〉、〈Besame Mucho（深情地吻我吧）〉之類的名歌，不加思索地回說：「當然要去。」

瑞秋教授很快就替我約好了試唱的日期，我非常期待那一天的到來，我從小自認音感特別好，只要是讓我心動的音樂，聽過一次，就可以把主旋律絲毫不差地哼唱出來，也因此上音樂課的時候，每當全班齊唱，那種荒腔走板、五音不全的噪音，總使我五內俱焚得恨不能摀住耳朵狂奔出教室。直到音樂老師停止彈奏風琴，指出錯誤，再高喊一聲「重唱！」才使我略微好受一點。

我如約前往。波多黎各大學由兩棟古老的大樓連接起來，之間一個中庭。我毫不費力就找到音樂教室。巴比教授準時出現，我的東方面孔無須自我介紹，我們就走到一起。他有類似東方人的膚色，沉默寡言，二話不說，直接走到鋼琴前面坐下：「妳跟著我的鋼琴試音。」

我瞠然望向他，還以為「試音」只是口頭說說，以為這種沒有學分的合唱課，只要人來了就可以。

他一語不發地撫琴，一邊拉開嗓門唱，「啊……」抑昂曲折地示範了一下。我不敢輕忽趕緊接上，跟著他的琴音，把聲音按著旋律提高至最高，幾個轉折，再把聲音調低至最低，反覆加高、降低地練過一會，他終於含笑說：「很好，妳可以唱高音也可以唱中音。很少人可以兩種都能唱。」

「女高音跟女中音？」我暗自稱奇，卻不好意思顯露出什麼。我只是成天哼哼嘰嘰地喜歡唱，從未聯想跟女高音、女中音沾什麼邊，那不應該是聲樂家的事嗎？想來，小時候喜歡高聲唱李香蘭的〈夜來香〉，又壓低聲音唱那首〈搖船的姑娘〉，已經暗示我能唱女高音跟女中音了？如果沒來參加合唱團，還真不知道自己有被埋沒的好嗓門。

巴比教授告訴我，每個星期五下午六點到八點，就在這個教室唱歌。我僅有的一次參加合唱團的經歷，於是開始。團員一半是在校的男女學生，膚色多半比東方人略深一點，也有幾個比較白皙的。另外一半是做著小工作的職業婦女和少數的男士，都是波多黎各人。參加合唱團的好處是可以兩手空空，只要帶著嗓子去就可以。然而樂曲發下來，我卻傻眼了，趕忙問我旁邊的女孩：「這是西班牙文嗎？沒有英文嗎？」

「這是拉丁文，這裡只唱拉丁文歌曲。」看我驚慌失措的樣子，她好心地說：「妳可以試試看用英文注音。」

只好如此了。第一個曲子歌詞很簡單，加注英文倒也不難，可也不是每個曲子都這麼寥寥數語；還好曲調之美、之曼妙，完全如我預想，打消了我對拉丁文的畏懼。那些歌曲類似我們的〈虹彩妹妹〉、〈天黑黑〉等，民謠糅和一點流行曲的味道。六點到八點之間休息十五分鐘，有咖啡、茶、冷飲和donuts（甜甜圈）等糕餅供應。我就利用那段時間，隨時拉住一個人幫忙我注音，總是忙得不可開交，絲毫騰不出時間跟他們聊天交心。

團員中一個皮膚暗紅約莫五十出頭的女士，她的低音唱得出奇地好，巴比教授偶而讓她獨唱一曲給大家欣賞，那真是令人蕩氣迴腸的歌聲，渾圓低沉至谷底，在谷底迂迴旋轉之後冉冉上升。我從未聽過那樣的天籟，內心早已拜倒在她的石榴裙下，真是任何角落都有出類拔萃的人。誠然，只要是鑽石，無論在哪裡都會發光，我自己如此黯淡，不得不甘拜下風；然而合唱團的性質就是這樣，每一個聲音都不可或缺，每一個小兵都在立大功。我從團隊中悟出一點，人世間相輔相成的規矩。也領教了像那位女士，雖非歌星、歌唱家，卻瑰麗得無法仰視，而她自己對沒沒無聞只是甘之如飴，恬淡地屈尊在我們這個小小的合唱團裡。

耀眼的鑽石不一定要擺放在博物館，或第凡內的櫥窗中；照耀在斗室可以使蓬蓽生輝，沒有殿堂上的攀比，也許給她帶來更多幸福，她選擇為少數的知音唱。當我過去擁抱她，嘴裡咕噥著：「妳實在太好了！我太喜歡妳的歌聲了！妳真了不起！」

她笑著任我擁抱，一邊驚喜地說：「你們看看這女孩！你們看看這女孩！」我這才羞澀地放開手。她過人的才華，在往後的日子，始終停駐在我心裡，從未忘懷。

好友妮蔻那時因為肺部問題，在醫生囑咐下，參加六十幾街第五大道上，一個闊太太們的合唱團；她聽說我辛辛苦苦地，在合唱團裡唱我目不識丁的拉丁歌曲，勸我放棄，一起參加她的。我婉拒了。雖然沒有在我的合唱團裡交到朋友，也沒有因此多學幾個拉丁字，一時卻也不捨得離開。那時已經入秋，我們學了幾首拉丁文的耶誕歌曲，星期六早上常常也要練唱，還各發了一件寬鬆的黑綢長袍，準備在年節期間，到西語裔聚居的教堂、學院裡表演。演唱的時間多半在中午，有幾次在晚上。回想起來都不知道當時怎麼開車找過去，又怎麼從完全陌生的區域摸黑回家，每次還帶著幾位順路的團友，把他們一一送回去。那麼膽大，總因為還年輕的緣故。

我最後一次參加表演，是近耶誕節的時候，在巨大的古色古香的三十四街大中央車站，那時候裡面有幾家非常好的餐館、許多商店，不知多少個上下長途火車、地下車的出入口和月台。我們在上面一個有雕花的石柱、類似劇院的包廂裡演唱，面向下面來來往往一個個抬頭看我們的、黑壓壓的人潮，充滿喜劇感。

我用英文注音的拉丁文，歡快地跟著大家歌頌聖誕鈴聲，那也許類似報佳音，可是我隱隱地感覺荒誕，也許因為我英文注音的拉丁文吧。然而，那天演唱的時間較長，我第一次跟團員間有空聊天、互相逗趣。休息的空檔，也不必趕著給歌詞注音。參加合唱團以來，那一天感覺最舒心。

結束後，我一個人出了中央車站，在明滅的街燈、霓紅燈影裡，熙來攘往、行色匆匆的行人，成千上萬個腳步踩過濕冷、烏黑的融雪，像盤殘局。耶誕歡樂的氣氛全留在車站裡面了，外面只有對時間的追趕，要快！要快！快點回家。

我為什麼這個時間一個人在這裡？我不應該在家裡準備過節嗎？我不禁自問。忽見巴比教授快步走在前面，單獨一人，我慢下腳步，目送他過一條人行道。不知怎麼，他裹在黑色大衣裡快步獨行的背影，使整條街道頓時顯得更淒涼。是那天之後，我決定離開合唱團。而很多事情，一罷手也就斬斷，跟我那些親愛的團友們再無重逢之日。而那竟然已經是三十年前的往事。

11 活到老愛到老

我的中國鄰居梅說起，她現在常有一種恐懼，只要身體稍有不適，就擔心會不會死掉，因此告訴她的先生：「如果我死了，你可以再娶一個太太。」話雖這麼說，內心卻非常糾結。一想到自己的先生摟抱別的女人睡覺，就使她焦急得半夜從床上跳起來，把無辜的先生罵一頓。梅的先生被罵醒後，睡眼模糊地點頭同意，等那一天來臨的時候，只娶梅指定的女子為妻。「不過妳要我娶的是誰呀？」等梅的先生弄清楚要他娶的是某位女士之後，清醒過來地反問：「為什麼是她？她不好看。」梅苦口婆心地諄諄善誘：「男人續弦一定要娶德不娶色，這樣你才會有一個好的晚年，我們的子女也會比較快樂。」說到這裡，梅忽然問我：「如果有一天，只剩下妳一個人的時候，妳會不會想要再婚？」

我正聽得出神，卻冒出這樣奇怪的問題。梅大概要確定一下：所有老男老女一旦孤單起來，是否都想要再找老伴？但是，這樣帶點冒犯的問題，出自梅的口中卻十分不可思議。梅保守、勤奮，做事有條不紊，她雖然有一位高薪的先生，家裡面大大小小的苦工淨可找人代勞，她卻從燒飯、打掃、洗車全一手包辦，就連鏟雪、割草，也讓她當作運動地自己操作，只偶而找臨時工更完美地修整而已。梅除了每天在社區固定步行兩個鐘頭，其他時間就全在家中當賢妻良母，從年輕到如今年過七十，多年生活作息從未改變，不知為何現在卻有這種擔心！他們老夫老妻十分恩愛，還有一雙頗成材的子女，如此幸福的生活，沒有讓梅沉湎其中，反催化出對未知的恐懼，人心之深奧莫測，像梅這樣堅強如鋼鐵一般的人都無例外。

然而，最近碰到一男一女兩個孤單的老人，分別問我，可有對象介紹給他們；看來，梅所擔心的，老人盼望愛情，也屬自然。是倔強不服老吧，或者像梅一樣，對老死的聯想只在於失去愛情。從前聽說過，有當子女的，在父親亡故之後替老母介紹男朋友，我聽了感到十分驚訝新奇，把它寫成小說《黃昏》；寫完後不放心，因為小說裡的人比我當時的年紀大很多，於是請一位老教授指點。老教授看完後指出「嚴重的錯誤」，他說：「小說裡的老先生絕對不可能愛上老太太，老先生只可能愛上年紀輕的女子。」我雖然沒有接受他的意見做修改，但老教授那段話卻給我極深刻的印象。

那是什麼樣的邏輯？老先生非要越界去追求小女生？男人非要老得那麼慘不忍睹嗎？

後來又聽說，男人單身後多半會再婚，女性則不然。大概女性把多半精力貢獻給家庭，柴米油鹽接觸多了，比較實際吧，實際得不甘於老伴走後再去伺候下一個老伴，更不可能像天真的男人一樣，去追求兒子的同學或朋友之類的小男生。老伴走後，女性更知道怎麼切割時間和金錢，哪一部分留給自己，哪一些繼續忠心耿耿地貢獻給子女，如此自得其樂。

然而，世間的事常有意外，我的一位老同學經營食品生意很成功，退休之後，帶著老妻搭乘豪華郵輪雲遊四海，可惜妻子無福，半途病逝。未滿兩年，老同學經人介紹一位未曾結過婚的中年女子，大家迫不及待地等著聽他們的好消息，卻萬沒料到老同學放棄這麼好的再婚對象，令人跌破眼鏡地看中跟他年紀相當、已經兒孫滿堂的單身婦人。兩人婚後繼續環遊世界，旅遊的景點在第二任太太的安排下，更精采，更豐富。可惜，我很敬重的那位老教授早已仙逝，再無機會拿這麼活生生的例子去反駁他。

老同學的再婚妻子後來告訴我：「本來已經準備好，去加州幫忙子女帶孫子，沒曾想到守寡三十年之後再次走進婚姻。」她說著，毫不掩飾堆擠出的滿臉細紋，笑得合不攏口。我自然順水推舟，附和說：「當然過自己的生活好，誰要去兒子家裡當老媽子？」可是，像她這樣活到老愛到老，還能得到「善終」的例子並不多，她是少數中吉星高照的一位。

我的好友玉琴，步入空巢期後，有一天，她的先生留下家裡的鑰匙，自己搬出去租公寓，然後回來要求離婚。他不久跟獨居的房東太太結婚了，而玉琴始終在尋尋覓覓。去年有一天晚上，忽然接到玉琴的電話，她很興奮地告訴我終於有了男朋友：「是個老外，他說已經等我二十年了，從我一離婚就在等我，他不懂為什麼那時候我沒有走向他。我說那時候只想一個人安安靜靜地過，最近才想到他。」

我卻不懂，玉琴為什麼相信有人等她二十年的話，非但不嫌肉麻還那麼陶醉。他們走到一起是玉琴主動去聯絡，終於如那位老男人所願，讓他癡癡地等到了。玉琴跟我一樣來自台灣，一直在做特殊教育的工作。她有一雙像運動員一樣緊實而挺拔的美腿，第一次在健身院見到她，立刻被她裹在黑色緊身運動裝裡的身材所吸引。聽到我誇讚她，她笑說，參加過好幾次紐約市的馬拉松賽跑，說她一直都喜歡體育課。「我小時候很怕被男生譏笑，四肢發達頭腦簡單。其實我功課不錯，可是，那時候升學壓力很大，體育好會被人家笑，我有什麼辦法？我發育得很好卻讓我很自卑，可是，我整天精力無窮，只想要跑跑跳跳，有什麼辦法？」

「我也覺得成長的過程裡，被灌輸了不少錯誤觀念，」我接下她的話說，「譬如數學不好一定前途黯淡。那時候有一本《圖解算數》的作者何武明先生，跟我父親是一個村子裡長大的朋友，我父親每天捧著《圖解算術》教我，多半讓我大哭一場做結束。」

「我喜歡美術、音樂，都是大人認為可有可無的東西，是沒用的。我到現在還常夢到考算數，打開試卷通通是雞兔同籠，每次都嚇醒了。」

玉琴聽了，笑起來說：「我很喜歡算數，阿拉伯數字的樣子好可愛。」

聽她這麼一說，再想想「1、2、3、4、5」的樣子的確很可愛，如果當年早點認識這一點，也許會比較開竅吧。

玉琴有兩個漂亮又勤學的好女兒，和兩個洋女婿。大女兒是一所昂貴的私立小學教員，婚後五年洋老公要離婚，兩人分居後不久，玉琴的女兒因過度抑鬱而自殺了，不巧在母親節那天。玉琴獨自面對這樣的不幸，消沉很多年。不知她後來在怎樣的心情之下，打電話找那位老外男朋友聊天談心。

有一天，接到玉琴從新澤西州界的加油站打來電話：「我們今天晚上要住到他堂兄的家裡，大概後天再出發，要一路玩到加州。他對我很好，很照顧我。」

看她那麼開心，我也替她高興，本來還擔心玉琴會不會因為太孤單，被那個老男人所騙，但聽她一路印第安那州、堪薩斯州打電話來暢談「他對我很好，很照顧我」，這就是活在當下了。如果玉琴一心想的是活到老愛到老，那麼，找一個執子之手與子偕老的伴侶並不為過啊。可是，玉琴的電話漸漸地少了，到後來，究竟什麼時候回到新澤西州家裡，我也不知道。再後來見面，我們都不提那件事，玉琴還是跟以前一樣，去健身院，跑馬拉松，沒有增加什麼，也沒有減少什麼。七十好幾的人，還不反對有機會要再嫁，如此在生活中打個平手，就算是賺到了吧。

我們一位朋友，從前兩家聚餐的時候，或在屋內，或在室外烤肉，都常見到朋友的父親從台灣來探望兒孫。老先生雖然沒有老伴，但個性隨和，活潑風趣。記得他幾次把兩家的小兒女配對，雖然明知不容易，還是把大家內心拉得很近。老先生跟當時的我們在一起毫無代溝，老老少少都很喜歡他。後來老先生不再來美國，聽說是因為太衰老不宜搭飛機，朋友不時地回去看他，為老父請了照顧生活起居的傭人兼看護。那位看護婦人有一次跟朋友抱怨：「老先生會摸人家的奶。」做兒子的聽了，鎮定地回答：「我付妳錢。」聽到這裡，我忍不住哈哈大笑，朋友的反應真是神來之筆！誰能去責怪已經如幼兒般的老父親？他想要活到老，愛到老，做兒子的於是成全他了。

年輕的時候看待這些拉拉雜雜的事情，大概只有一句：「什麼亂七八糟！」年輕的時候有執著，有狂熱，愛恨刻到心裡，刀刀見血。然而，老來就沒那麼大力氣了，只希望世間一切通通圓融美好，如果活到老愛到老可以使一個老人快樂，何必攔住他？

12 一起走路的夥伴

大清早在公園走路，見瓊跟露西老太太在一起打網球。這幾年稱別人「老太太」總有點不安，因為自己也攀上這個門欄了。只是，露西的確老了，已經八十好幾，身體狀況卻一點不比周圍的我們差，她至今仍然是網球高手。瓊正在到處撿球，看到我於是走過來，隔著鐵絲網說她剛把車子賣了，從此只搭巴士，另外買了一輛自行車，要我找一天去她家裡看那輛她新買的自行車。「最近就過來吧，不要拖太久，我正在考慮把房子也賣了。」

「妳打算搬去那裡？」我問，心情霎時低落。我們是近三十年的老鄰居了，初搬到這個屬於大紐約區，緊鄰哈德遜河的小城時，瓊離婚不久，剛剛回醫院做她的老本行當護士。我後來改吃有機食品，就因為她不斷地耳提面命。瓊並不是熱情的人，尤其她天生一張苛薄寡情的冷臉，要認識久了才知道她只是極端內斂，心腸其實很好，老是關心我可以吃這個、不可以吃那個。

我們搬來第一天瓊就過來按門鈴，臉上冷冰冰的，懷裡卻抱著我走失的小狗。「這是你們的狗吧？牠已經在外面遊蕩半天了。我知道你們搬家還在忙，但讓牠跑太遠，等一下會找不到的。」瓊於是成了我在小城的第一個朋友。後來我們經常相約一起走路運動，兩人邊走邊聊，走累了回家喝咖啡，吃瓊自己做的麵包。

有一次她聽說我在寫小說，很不以為然地應：「人生裡面已經有太多故事，妳還要編故事！」那讓我莞爾。原來瓊除了失婚，還很不幸地是個養女。二十歲那年，好不容易找到她的猶太生母，她母親已經有自己的家庭，僅對她說：「我的過去沒有任何人知道，尤其，我的先生和孩子通通不知道有妳的存在，所以，妳現在最好立刻離開，而且再也不要來找我。」

瓊這時見我不捨得她搬家，無奈地說她想搬到省錢省事的公寓住，她一個人住一棟大房子已經三十多年，那些夏天請人除草和冬天鏟雪的花費，對她來講已經毫無意義。「但是，妳要在早上十點到十一點，比較涼快的時間到我家裡，因為我的冷氣機壞了。」說完匆匆回網球場。我繼續在圍繞大圓操場的步道走路。綠草皮的操場，供中小學生踢足球用，另一面就是兩個網球場和籃球場。

那些使用球場的年輕人，都是這幾年搬入這個社區的新血。好幾年前曾聽老露西說：「我們所在的是一個悲哀的城市！每一棟屋子裡住的，都是孤單的老人。」她手指著這一棟那一棟各擁有四五個臥室以上的房子說：「這一棟樓上住一個九十好幾的老太太，她沒法下樓，有一個看護上樓照顧她。另外那一棟，本來是一對老夫妻，老先生去年死了……。又這一棟，本來是一個老太太的房子，她死了以後送給那個黑人郵差，因為那個郵差每天去陪伴她！」乍聽到這些，我有一點毛骨悚然。

我慢慢走著，走道兩旁種植各式各樣的小樹，都由這裡的居民捐贈，每一棵樹下安一塊石板，標示著某某家庭的樹，多半的樹用來紀念他們逝去的親人。現在是綠油油的夏天，公園在冬天照樣開放，甚至大雪之後冰封的公園，鏟雪車只能鏟出走道，四周雪白一片襯著枯樹和幾株青松，空氣冷而脆，走在兩邊高高壘起的雪壁當中，那個光景美得簡直能讓人落淚。

走道上疏疏落落有一些跑步或走路的人，我看到喬治和牽著兩條德國狼狗的路易走在前面，想要把腳步再放慢一點。我心裡面盤旋著瓊要搬家，搬到一個適合養老的公寓裡，而我們這個城裡是沒有公寓樓房的，瓊多半會搬得很遠，從此平心靜氣地等待個人的老死。這樣想著使我惆悵，不想跟任何誰打招呼。

可是我向來性急總也走不慢，老是走兩下就不由自主地加快腳步。我乾脆停下來，等他們走遠才跟上，偶而隨風飄來一點他們說話的聲音，兩人聊得好像很高興。路易是建築承包商，還沒退休，他有義大利人的熱情，見面經常來個熊抱，嘴裡還要說著：「妳一如既往地美麗！」也所以，有時候我頭不梳臉不洗地走在路上碰見他，總是渾身不自在，恨不能立刻隱形。自己想起來都可笑，人家稀鬆一句話竟信以為真了。

喬治恰恰相反，他跟瓊一樣具備一張冷臉，不苟言笑，可是我們常不期而遇地在一起走路聊天。有一次兒子詫異地問我：「妳怎麼總是跟看起來很凶的人做朋友？」兒子把冰冷簡單地解釋成很凶，其實冷冷的嘴臉常吸引我去一探究竟。

喬治是信基督教的猶太人，曾經是地毯經銷商，老妻已經逝去多年。他的房子占地很大，後院新挖一個大池塘，養滿了大大小小、花花綠綠的魚。我幾次應邀去參觀那些美麗的游魚，聽他一一道出魚們的品種和個性，那個專注的模樣，很難把他跟一個成功的生意人聯想到一起。大概是退休後一切放鬆了，才湧現的潛能。

小城裡像他們這樣退休或接近退休的老男人很多，我過去跟他們僅在照面的時候打個招呼，直到去年兒媳婦出去競選市議員，因為跟我們住得近，有一次借用我們家客廳辦募款餐會，我才跟這些鄰居熟悉起來。

那次晚餐採自助式，幾位黨內元老介紹出來競選的新秀之後，我到廚房看義工們上菜，忽見陽台上一隻小浣熊努力地在扯咬什麼。近前一看，燈光下，一隻淺棕色的小浣熊，用前面兩腳抱住橡膠罐，無暇旁顧地不斷扯咬，裡面裝的可是我餵野貓的貓食，我用力拍落地窗也嚇不跑牠。瓊帶頭，幾個年長的太太過來看熱鬧。小浣熊終於咬破罐子享用美食。「別制止牠，讓牠吃！讓牠吃！牠是個小貝貝耶！」大家七嘴八舌又紛紛拍照。「浣熊這麼厲害，那罐子我扭得很緊，牠居然聞得出食物的味道。」我望著漸空的罐子詫異地說。

「一定是這可憐的小東西餓壞了。」好幾個聲音一起回應。其實動物的聽覺、嗅覺本來就比人類敏銳，大家只是老來慈悲心氾濫罷了。聚餐瞬間分成為兩團，客廳裡的年輕人談他們熱衷的政治，年長的聚在廚房談我們社區裡的野鹿、野火雞、野貓。我說起有一天清早在公園裡，三隻鹿在走道上歡快地跳舞，忽然看到我，嚇壞了，迅速在很近很近、不滿一隻手臂那麼長的距離一躍而起，飛越過近一人高的欄杆，降落到操場上。姿勢之美，簡直像天仙一樣！像天仙，是我慣用於野鹿的形容詞，大家滿口同意。

一位金髮的太太說，有一天清早上班時，見一家野火雞堵在路當中，所有人都停車等牠們，牠們卻優哉游哉地老也不過馬路。後來一位老先生下車，把牠們趕入路邊的院子裡，車子才通行。我說那一家子火雞很喜歡吃麵包，每天早晚到我後院等吃麵包。

瓊忽然問我：「妳真的把野貓帶去醫院閹割了嗎？」她新近從動物收容所領養了四隻貓在家裡。

「我帶了三隻去，剩下兩隻根本抓不住，還沒帶去。」我餵養的一家野貓是一隻貓媽媽帶四隻小貝貝，從牠們第一天進入我院子裡開始餵，那時候四隻小貓的腿還軟軟的站不穩，現在已經是頑皮的青少年了。我要在牠們滿半歲、開始交配之前帶去閹割，因為野貓實在太多太可憐了。

餵野貓是難過的經驗，貓兒們並不似我原先以為的無情，牠們對人的依戀只是比狗理性，要受到一定照顧之後才會知恩圖報。那時也會像狗狗一樣，圍繞在我腳邊蹭來蹭去，尋找肌膚接觸的慰藉；而那總是讓我擔憂，因為到了天寒地凍的嚴冬，我還是只做得到供膳不供宿。拒絕貓兒們入屋取暖，聽牠們「喵喵」哀求的聲音，非常傷感。

「聽說帶野貓去閹割，醫院只收很少的費用？」有人問。

我告訴她，先打電話去動物收容所，他們會送來鐵籠子，只要把野貓趕入籠子裡，到他們指定的醫院就可以，那裡分文不收，免費。「問題是，要把野貓趕入籠子裡，好困難啊，牠們怕死了鐵籠子。」

結果在座每個都自告奮勇要來幫我抓野貓，我這才知道，這個社區裡面很多人餵野鳥、野貓。路易那麼忙的人都餵三隻野貓，喬治也一樣。餐會次日，兩位太太清早來幫我抓野貓，還帶來一盤貓們喜歡吃的十分細嫩的幼草。野貓已經十分警覺，看到一下來兩個陌生人，嚇得飯也不吃一溜煙通通跑了。雖然忙沒幫上，但有這麼多好心好意的人在左右，所謂歲月靜好，就是如此了。

我又走得太快，追到路易和喬治他們後面。路易清理完兩隻狗的糞便，抬頭見到我哇啦地叫起來，我請他趕快把手裡那包東西去扔掉。「為什麼每次就你一個人帶狗出來？」我閒散地問。

「我太太一回家就不想動，她每天忙著鍛鍊大肌肉，太累了！」說得我們都笑了。路易的太太是健身教練，是個大美人。

我們走到公園出入口，那裡有一個平日不開放的服務站，艾琳太太在裡面打掃，準備明天開張。明天是星期六，是我們小城裡一年一度的大日子，有小學生的球賽，有樂隊和豐盛的早午餐，由市政府請客。路易問我：「明天會不會來幫忙？」我搖頭：「今年人手很夠，有好幾位年輕的韓國太太會來做義工。但是，我和我先生會過來喝咖啡。你們什麼時間過來？」大家約好了見面的時間。

喬治又重拾話題說，他剛才告訴路易一個笑話。「我也要聽！」我發覺喬治有一陣沒有說話，立刻慫恿著。

喬治接下話說，他去老人活動中心看幾個老朋友，朋友們聽說他至今還游泳、打網球，異口同聲地表示：「等我將來老了，也要像你一樣。」我們一起大聲笑出來。多麼可愛的老夥伴啊！

平日裡，我一個人繞操場走五圈，半個鐘頭就急著回家，然而，有這些好鄰居相陪，走一個鐘頭也不覺得累。只盼望前面的路還很遠，天涯海角那麼遠，我們可以一直走下去。

13 真假皇后

女裝的試衣間，我最怕那種大統間的開放式，讓所有婦女脫得只剩奶罩、三角褲，在一個空蕩的大房間裡面試穿衣服。多半的婦女不以為意，我卻再漂亮、再心愛的衣服，也寧肯放棄不買，絕不跟大家同流。還好，拜這個不足為外人道的癖性之賜，後來再面對瑪麗亞才不致太尷尬，或甚至因為過分尷尬而對她生恨。

我其實第一天就注意到斜對面新搬來的鄰居：先生是小個子的義大利南方人叫麥克，在銀行工作，調差哥倫比亞三年，在那裡認識他的太太瑪麗亞，又剛從哥倫比亞調回紐約，他們新婚燕爾十分恩愛。瑪麗亞高頭大馬，沉默寡言。她皮膚滿白，應該是屬於當地的統治階級，後來聽說她父親在首都波溝塔（又譯波哥大）有一家銀行。不過麥克任職的是美國銀行，跟他的岳父一點關係也沒有。有一個週末，麥克來按我們家門鈴，自我介紹後，拉過站在他身後的太太說：「她來這裡才兩個星期，沒有朋友，我看你們兩位很適合做朋友，所以帶她來跟妳認識。」

雖然不明白他為什麼看瑪麗亞跟我很適合做朋友，還是趕忙請他們進入客廳，又奔入裡屋請我的先生出來。瑪麗亞看到客廳旁邊的餐桌上，我還沒畫完的幾件汗衫，那是我用來消遣，在汗衫上畫大片牡丹花。「這是妳畫的嗎？」她驚喜地問，「真漂亮！」

「我如果知道有人要來，一定早就收走了。畫這種東西被人家看到，很不好意思。」我把汗衫往裡面挪。一邊在瑪麗亞臉上盯了好幾眼，脫口而出：「妳好漂亮，好像《戰地鐘聲》（*For Whom the Bell Tolls*）裡面的英格麗・褒曼，她在裡面也叫瑪麗亞。」說完以為她會很高興，她卻反問：「像她很好嗎？」

我被問住。麥克插進來說：「英格麗・褒曼是我最喜歡的女明星。」又接著問我是否每天都畫。我的畫興總是一陣高一陣低，實在難以啟齒。先生在旁邊胡亂替我吹噓：「她畫得很好！她每天都畫。」又到酒櫃前問大家：「喝點威士忌吧？」總算把大夥引開。瑪麗亞告訴我她畫水彩，水彩正好也是我的最愛。「要不這樣？我們每隔兩個星期在一起畫畫？」她轉而興致勃勃地問。

「這個主意好！」我帶她去看我偶而做陶瓷拉胚的工作間，那裡有一張長桌很適合兩個人作畫。下一個星期瑪麗亞就帶著她的畫架、畫具來了，還有幾幅她已經完成的風景畫作，確實很好，只是還在臨摹階段。顯然跟我段數相當，她如果很高竿，應該也不至於肯跟我閒耗。那天我們畫得很少，淨在聊天，準確地說是不斷在喝茶，且小心地觀察對方。

瑪麗亞話不多，但只要開口一定是曼聲曼氣，雖然嗓子有點粗啞，卻實在沒有一點中南美洲人所代表的熱情奔放。我則成天慌慌張張東碰西撞，手臂上總有幾處瘀青，我指給她看，她哈哈一笑擁過我拍撫著，那動作頗讓我感到怪異，好像我可以在她懷裡小鳥依人。我想到麥克幾次深情地說：「瑪麗亞是皇后。」看得出，純粹指瑪麗亞矜持含蓄近乎高貴的儀態。不知為何那使我莫名地困惑。瑪麗亞非常敏感，立刻看出我的不自在，說：「抱歉，妳看來這麼脆弱，我覺得需要保護妳。」

「脆弱？」我釋懷地笑了。雖然形容詞用得很奇，總算有個解釋，顯然是我神經過敏。她已經說我脆弱了，如果再給她神經過敏的印象，實在不妥；於是轉移話題，告訴她，幾年前去過哥倫比亞的兩個大城，波溝塔和麥德林。「在波溝塔搭巴士，根本沒有巴士站，隨時上車也隨時下車，司機開車像喝醉酒，有點驚險但真好玩！中南美的民風鬆散隨興，我很羨慕那種生活。」她告訴我，她的老家在麥德林，在那裡生長。「那你隨時可以去欣賞佛南多・包特羅（Fernando Botero）的雕塑，他真是了不起的藝術家。我很喜歡那種闊葉似的渾圓的線條，一看就想要靠在它上面。他有吸引人的母性的本質，可是，包特羅先生是男性。」我糟糕地又兜回原點，趕忙再補上兩句引開話題：「聽說他後來去了義大利，因為他的第二任太太是義大利人。」就像他跟麥克，義大利跟哥倫比亞結合。

「對我來說，耶穌就是聖母馬利亞。」瑪麗亞僅針對我的模糊點，堅定地應。

我在心裡試著把救世主耶穌跟母親畫上等號。是啊，耶穌可以像聖母馬利亞一樣，是可以為我們舔傷口的母親，所以，耶穌可以是馬利亞，馬利亞可以是耶穌。就像十項全能的奧運冠軍布魯斯・堅尼（Bruce Jenner），搖身一變成美艷的凱特林・堅尼（Caitlyn Jenner）一樣。這世間原本沒有純淨無雜質的物事，所有一切都你中有我，我中有你。「妳在想什麼？」瑪麗亞忽然問。

「不告訴妳！」我賣關子。其實因為，我自己都不知道已經神馳何處！

那天準備晚飯的時候，瑪麗亞擁著我的片刻的感覺，總是揮之不去——那分明是男人的擁抱，那種強烈的感覺那麼真實。感覺自是最沒有科學根據的，可是我寧肯相信感覺。飯桌上，當先生問：「妳今天跟瑪麗亞在一起畫畫，成績好嗎？」

我點頭「喔」一聲不想談。我記得很久以前，聽先生說過，他認識一個同性戀的菲律賓來的醫生，一個人在紐約，我特別在那個感恩節晚上讓先生請他來家裡，他整晚沒有吃什麼東西，也沒有說什麼話，只是坐在我們客廳的鋼琴前面，彈了一夜鋼琴。真是一夜，直到凌晨。我不熟悉鋼琴曲，只知道他把李斯特的〈怨嘆〉，彈得幾乎跟我的鋼琴家朋友意青一樣好。他扭頭告訴我們，他在卡內基音樂廳開過演奏會。

那個感恩節之後不久，他去了外州，從此沒有下落。他的長相，我已經印象模糊，可是他很認真、很專注地彈鋼琴的側影，和聽他彈了一夜鋼琴，在我心裡面隱隱滋生的落寞，我永難忘懷。然而，怎麼因為瑪麗亞而聯想到他？瑪麗亞是麥克的妻子，麥克是勤奮穩定、愛家顧家、標準俗世裡的丈夫典型，跟我的先生非常合拍。他不可能因為同性戀跟瑪麗亞結婚，瑪麗亞絕對是他實實在在的愛妻，我不可胡思亂想。

我約瑪麗亞一起去健身院，我帶她先瀏覽一圈健身器材。瑪麗亞建議從舉重、拉弓，再踩腳踏車，最後跑步。一路下來我們都滿頭大汗，我更是累得不管不顧地躺到地板上。「我們等一會到裡面洗臉吧，妳要洗澡也可以，但我不奉陪。」我猶自喘息著說，「我沒辦法脫光了跟那些人一樣，在裡面走來走去。」

瑪麗亞微笑著說：「我也不行。」

「妳真不像南美人。妳們不是最喜歡展露身材嗎？」

「那妳們中國女人會這樣躺在地上嗎？」

我坐起來，面對她思索著。

「又想到什麼不能告訴我的？」瑪麗亞問。

「我在想，我越來越喜歡妳了。」

她伸出手拉我起來。「還好是妳開車，我現在開車的力氣也沒有。」我說，一邊暗嘆他們西方人體力真好！又想到看過瑪麗亞在院子裡除草，很笨重的除草機，她操作自如，果真，西方女子皆如此嗎？

「瑪麗亞，妳的力氣怎麼那麼大？」我走在她後面羨慕且好奇地問。

「說真的，我越來越把自己當作男人。」瑪麗亞說著回頭等我。她告訴我他們家裡像換燈泡、抬罐裝水、修下水道都由她包辦。

「什麼？」我吃驚地請求她，「千萬別讓我先生知道妳還會修下水道，我這個做太太的簡直太無能了，會被他休掉。不過，」我轉而一想，「你們家誰燒飯？」

「麥克是義大利人，他很會燒麵條，都是他燒飯，我洗碗。」瑪麗亞說。麥克曾燒飯請我們過去吃，還教過我把新鮮番茄跟作料炒到一塊，然後裝玻璃罐扭緊，放入大鍋水裡面煮開之後，可以不需要放冰箱，慢慢吃一年。麥克廚事既然這麼精通，當然應該由麥克燒飯。何況麥克做的只是輕簡的工作，笨重麻煩的歸瑪麗亞。瑪麗亞除了沒有帶麵包回家之外，儼然就是一家之主，我甘拜下風。

我跟瑪麗亞走得更近了，我們一起畫水彩，去健身院。有一次，她過來畫畫的時候有些邋遢，我看她下巴上冒出兩根粗短的鬍渣，因此打趣：「我很小的時候看過一個電影廣告，說：『這樣的太太哪裡有？』廣告上的女明星給畫上兩撇鬍子。」瑪麗亞沒有笑，只是不安地順手攏著頭髮，我不好意思再胡鬧下去。

瑪麗亞喜歡拍照用來臨摹，我們常把車子開往紐約上州，停在公路旁邊，攝取滿山遍野的紅葉、黃葉。我比較喜歡畫人像、花鳥，畫風景沒興趣，多半坐在路邊的大石頭上等她。有時候我們一起逛服裝店，她多半像我先生一樣，坐在一邊打瞌睡等我，但對於我挑揀的式樣，興致勃勃且意見很多。她自己長年牛仔褲上一件黑色、白色，或條紋襯衫，我很欣賞她把日子過得如此樸素簡單。她表面波平如鏡，內裡總像有什麼在湧動著，而這就是瑪麗亞的迷人之處。我也很羨慕麥克懂得珍惜瑪麗亞的所有特點，總是用十分愛戀的眼光看瑪麗亞。

時間過得很快，倏忽過去兩年，他們退掉租住的房子，去附近的小城買了一間公寓，雖然距離很近，到底不像原來可以隨時串門子。瑪麗亞也進了銀行界工作，猜想是，有朝一日要接管她父親的銀行。我們見面越發地少了，後來只有年節在一起吃飯。最後一次吃完飯回家的路上，先生問我：「妳有沒有看出，麥克跟瑪麗亞之間有點不對？」

「怎麼不對？」麥克下個月又要奉調出國，這次去墨西哥市的銀行，又是主持那裡的業務三年。大家整個晚上就在談論哥倫比亞跟墨西哥，說起這兩個國家免不了談他們的大毒梟。我們在麥德林曾去看過裴布羅・艾斯科巴（Pablo Escobar）每天光顧的小酒吧，叫「雲朵」（Las Nubes）；我特別記住這個美麗的店名，也是他最後落網的地方。艾斯科巴販毒賺進天文數字的錢之後，在他的家鄉建築公路、蓋學校和老人院，造福他的鄉親。至於墨西哥那位矮個子古茲曼（El Chapo Guzman），據說他有五個太太，他擁有的軍隊比政府的軍隊還壯大。這些是很有趣的話題，大家你一言我一語說個沒完。我幾次取笑瑪麗亞是被艾斯科巴照顧的鄉親，瑪麗亞笑著承受，沒看出有何不對。但後來一想，瑪麗亞當時曾輕輕說了一句：「我不去墨西哥。」那麼，她要去哪裡？她不去墨西哥意味著什麼？我的先生很務實，據他猜測，瑪麗亞已經拿到綠卡準備離開。我不認為瑪麗亞志在綠卡，她的為人有情有義。

那個夜晚臨分手時，麥克曾說，等我們去墨西哥市，他一定安排司機開車帶我們到處玩。我們約好了見面的日期，我認為瑪麗亞會在我們之前去墨西哥。

再次見到瑪麗亞是春天了。我去銀行的存款機存幾張支票，身後忽然走近一個人，我警覺地回頭：「這人會看到我的密碼？」第一個念頭閃過。見是一個男人，心裡面更不爽地拉下臉；他卻叫我一聲，不由分說地跟我擁抱。「你是誰啊？」我疑疑惑惑地推拒，終於跟他正面相對，「瑪麗亞！妳怎麼變成這樣？」她西裝筆挺，剪一個西裝頭的模樣十分怪異，人也瘦多了，如果沒有細看根本認不出來。我呆望住他，他略微尷尬地說：「我現在叫彼得。」

我實在說不出話來，一直想不通，一直無法置信，那些零零碎碎的感覺，竟然不是錯覺，而這就是謎底。我終於問：「麥克呢？」

彼得說，去年大家一起吃飯的時候，他跟麥克已經在辦離婚，他們過去是相愛的夫妻，現在是好朋友。「我來這裡辦點事，明天晚上的飛機回波溝塔。」

我告訴他，我們下個月去墨西哥市的機票已經買好，以為要在那裡跟麥克和瑪麗亞相聚。

彼得微笑著道歉，問：「我們還可以繼續做朋友嗎？」

過去為了瑪麗亞要減肥，我們經常合吃一塊蛋糕、一根巧克力糖棒，如今，瑪麗亞已經譬如昨日死，我微笑著面對他回應道：「如果像這樣再遇到，我們就是現在這樣吧。」

我們在停車場分手。過去總是我目送瑪麗亞過街，等她開門入屋之前回頭跟我擺手；這次，彼得堅持我先上車離開，我照做了。回家的路上慢慢回過神來，慢慢感到剛才應該對彼得友善一點。這不是瑪麗亞或彼得能操控的事，沒有誰願意這樣，彼得是無辜的。雖然明白過來，然而，這麼些年過去，我跟彼得終究沒有再見過面。

想吃的日子

14 幻想美食

小時候讀當時的外省作者寫從大陸逃亡到台灣的路上，十分珍惜地吃最後一個冷得發硬的饅頭，讀了之後老是念念不忘。有一天家裡有一盤熱饅頭，我便留一個在桌上放了好幾天，等它硬得像石頭，正如書上所描述；然後，我好奇地張大嘴卻咬不動，只好掄起菜刀砍下，硬饅頭蹦落地上，刀口不幸砍中食指血染桌面，至今留有疤痕。但是，想像中硬饅頭的滋味始終很好。後來又讀到蘇聯作家的小說，描寫在沒有食物的戰亂中，如何吃一顆馬鈴薯，他小心翼翼對著馬鈴薯咬下去，一口一口吃著冷冷的馬鈴薯，帶皮的冷馬鈴薯咬在嘴裡嚼著、嚼著……。我又看得嘴饞，拜託在我們家幫忙的金日，為我煮一顆馬鈴薯，等它涼透了也帶皮吃，雖然吃出一點寒涼的味道，卻怎麼也沒有吃得愁腸百轉。為此老是感到遺憾，也就一直把冷冷的馬鈴薯記掛在心裡。這些說明，所謂人間美味不是吃出來，而是幻想出來的。那時，金日每星期煮一次太白粉漿衣服，總先盛出一碗漿糊拌糖給我，我為了謝她，讓她也吃一口。不知怎麼，漿衣服的太白粉滋味怎麼那麼好！家裡釋迦、龍眼、蓮霧之類的土產水果不斷，卻任它們爛在旁邊，而老在盼望金旦漿衣服。如此看來，食物本身其實一樣美味。每種食物都有它的特色，都有它不可取代之處。如同色彩，每一種顏色都一樣好看。當我們偏愛某種顏色，或憎恨某種顏色，皆出自個人的幻想。

初登臨美國，在加州奧克蘭機場轉機，由當時流行的留學生包機改搭ＡＡ美國航空公司的班機。一走入機艙，立刻被滿眼柔和的米、白兩顏色所吸引，飛機上原來這麼舒適華麗，相形之下的留學生包機，實在是簡樸得像軍用的。不久午飯送上來，見餐盤上有兩塊切得方方整整，一塊橘黃色、一塊奶白色的肥皂，看那樣子不似香皂，而像是洗衣用的肥皂，好生奇怪。見我旁邊的白人老先生開始食用肥皂，我鼓起勇氣問：「好吃？」得到他的首肯後試吃一口，覺得涼涼糯糯的沒什麼味道，我當即把兩塊奶酪通通吃掉，雖然不知道吃進去什麼，心裡面卻很清楚：「這可是道地西餐，不是豆豉、豆腐乳耶。」後來才知道當時吃的是切達奶酪（cheddar cheese）。我漸漸嗜吃各種奶酪，尤其瑞士的芳朵（fondue，意為融化）小火鍋，幾乎要跟年節的時候母親做的火鍋一樣好吃。奶酪的名堂很多，我卻不管什麼怪味都能勉強接受，大半原因在於享用奶酪的同時，回味起當年在AA的機艙裡，那種奢華、愉悅的感覺。那就像女士們在耳後、頸項間、長髮裡面灑香水，感覺之美妙，整個是幻想出來的。若干年後，反過來懷念豆豉、豆腐乳，則因為鄉愁。鄉愁誇大故鄉食物的美味，使得感覺重於味覺，又何嘗不是來自幻想？

好幾年前，在冰島首府雷克亞維克的山上，在一個湖邊，我們一小群參加旅館所辦一日遊的遊客，面對鬱鬱黑黑的湖面，那是十月的下午，溫度比紐約冷一點，太陽更微弱，導遊指著湖裡的水說是熱的。我們剛看過真正的水火同源，一邊冰山，另一邊是被岩漿燒燙的一窪窪滾水，因此，雖然很難相信那麼大的一湖水是熱的，卻沒有人敢伸手下去試探溫度。大家七嘴八舌說話時，開過來一輛小卡車，下來一個中年漁夫，他走向我們站立的湖邊，逕自用小鏟子在地上挖起來，挖出一條熱乎乎的麵包，而他另外要埋進去的是一包剛帶來的麵團，等明天午後再過來把烤透的麵包挖出來。可見那湖水千真萬確是很熱很熱的，熱得可以烤麵包。冰島北部或者像這樣，比較接近火山的山區，冰島人不需要用煤氣、電器，家家戶戶借助地下的熱量發電，供應冷暖氣並且燒烤食物和熱水。這些在他們不稀罕，在我，眼怔怔看那漁夫帶走用火山岩漿烤熟的麵包，卻感到非常可惜——那麵包總該有點特別的滋味吧。

我瞬間恍惚回到小時候在屏東的家，斜對面有一條小火車道，不定時地，偶而有運送煤炭或白皮甘蔗的小火車，吐出長長的白煙，鳴著尖銳的長笛「喀嚓喀嚓」飛快地駛過。旁邊大片的荒地上，冬天的下午，幾個男人就在那裡烤番薯，他們生火把黃土燒得火紅滾燙，然後埋進去番薯，接著蓋上大大小小的黃土塊，再鏟一些細土把隙縫塞嚴實，最後壘得高高的。到了天黑，黃土堆涼下來，我們一群小蘿蔔頭趕過去，圍在旁邊看那幾個男人扳開土塊，一陣撲鼻的甜香直冒出來，掏出還很燙的紅薯吃起來。我一口也沒吃過，卻一直認定那種黃土烤出來的番薯最好吃。是一點遺憾刺激我的幻想，湖邊那條麵包和火車道旁邊的烤紅薯，帶有非凡的火山岩漿和燒烤黃土的味道。

不久前在電視上聽大家討論吃昆蟲，吃過的人說那味道像龍蝦。我一聽，立刻相信那白人女子確實吃過昆蟲。像龍蝦，絕對是烤螞蚱、烤蟋蟀最準確的味道。小時候一到寒暑假，母親總是帶我們幾個孩子回太子宮老家。最開心的事就是跟堂兄妹一起在田野玩，距離老家步行一個多鐘頭之後，爬上一座高聳的土崗，下面一條有不少漩渦的危險的河流，河水從新營紙廠的背後一路流下來。河對面的田野，是鬆軟的、高低起伏、浩浩蕩蕩好大一片黃沙，只能光腳丫在上面走。較遠的一面，黃土跟細沙混合的地方，用來栽種甘蔗、芝麻、番薯、花生之類的作物。還要隔年地輪流空出來，讓土地休養生息，也因此望過去就是一大片沙漠。

我們幾個堂兄妹光腳提著水桶往沙地上跑，中午的黃沙曬得很燙，腳底雖然被燙得亂蹦亂跳，還是流著汗到處找藏蟋蟀的洞洞，多半在蔗園、芝麻園旁邊較陰涼的地方。那裡還可以抓到青色的螞蚱，聽說味道跟蟋蟀一樣好。幾個堂弟非常靈光，他們說那個洞有蟋蟀準沒錯，倒點水進去，蟋蟀就出來了。我們並沒有耐心，抓個兩三隻就趕回屋裡烤。廚房的大灶上永遠燒一鍋水，下面總有燒紅的灰燼，把蟋蟀丟入熱灰裡烤，細小的兩腿只有一點點肉，撥開灰屑試嚐一口，就是多年之後才認識的龍蝦的味道。聽說把蟋蟀肚膛擠乾淨，塞入小小一小片番薯下鍋爆炒，吃到嘴裡噴香。我們從未抓到足夠炒一盤的蟋蟀，從未嚐過爆炒蟋蟀的味道，我卻每一想起就感到齒頰留香。幻想中，不知已經吃過多少回！如此再證實，很多時候根本不需要通過味蕾，單憑幻想、全憑幻想，美食就誕生了。

15 燒一道大菜

第一次在家中宴客，是婚後第二年，那時我們住在紐約上州叫春谷的小城，跟朋友們相距甚遠，從來不敢老遠請他們過來吃我燒的菜。我會燒的菜只有兩道，一道是肉絲炒青菜，另一道是肉片炒青菜，實在太貧乏，哪有臉獻醜？偏偏有一日，先生回家說他邀請兩個同事週末來家吃飯。「你怎麼可以這樣？」我急得直埋怨，卻沒法見他失信於同事，只好趕忙找出食譜，挑中兩道菜：茄汁明蝦和甜酸肉。感覺這兩道菜像酒席菜，端上桌的氣勢比較好，而且不需要複雜的中國調味料，燒做的工序也比較簡單。決定好後，宴客前一天把大蝦、豬排、鳳梨罐頭、洋蔥、綠花菜等食材切洗乾淨，白酒、紅酒、啤酒通通買妥，再搭配幾隻蘋果、梨和糕點，就是完整的一餐。

次日中午，兩個同事和一位女眷準時到達。他們第一次到東方人家中作客，我們也是頭一回把老外朋友請回家裡。都是二十出頭三十不到的年紀，一見面就嘻嘻哈哈說笑個不停，事實上吃什麼菜已經不重要；尤其那個年代很少中國餐館，看到我又炸又炒的兩道大菜立刻讚不絕口。其實那兩道菜，跟西餐沒有太大差別；因為，我的廚房裡除了醬油，連個蔥、薑都沒有，更別談中式的白胡椒粉或八角、花椒、麻油之類的調味料了。然而那天還是賓主盡歡。大家相約每隔一個月，輪流宴請。對我來說，燒起來最有把握的，還是明蝦和甜酸肉兩道菜，而且他們每次讚美有加，我也就信以為真了。直到有一天，那位單身的同事諾曼偷偷問我先生：「為什麼SE總是燒同樣的菜？」

我一聽，急著問：「你怎麼答？」

「我說妳只會燒那兩道菜。」

聽起來好洩氣，卻也想不出還能怎麼答。

後來，我揣摩出一套燒煮的功夫，也開始喜歡燒菜，只要不把燒菜這件事搞得太複雜。譬如，在去骨的魚排或肉排上抹一點麵粉到熱鍋裡略煎，然後豆腐、青菜、馬鈴薯，加點醬油、料酒蓋鍋燜煮一下，香噴噴一道菜、肉、澱粉齊全且美味的大菜，前後半個鐘頭就完成了。配上兩杯白酒或紅酒，就是兩人的一餐。對於把肉塊切片或切絲，我越來越失去耐心，更受不了炒菜炒得滿屋子油煙，美食固然重要，卻也不該折磨婦女。如果把食物放在鍋裡，可以燜煮出白菜獅子頭、紅燒魚、紅燒肉，或到烤箱裡可以烤出脆皮雞，為什麼非要那些沒完沒了、所謂慢工出細活的餐單？那不該留給職業廚師去表現嗎？

第二年，我們搬家到紐約市，諾曼依舊單身，跟我們時有來往，常常相約外出吃飯。有一次在帝國大廈當時滿奢華的餐廳裡，兩位男士又見酒不饒地鬥起酒來，喝得主菜未送到，已經一起醉趴在餐桌上，氣死、急死人了；從此怕了跟他們兩人一起外出吃飯，寧可在家裡辛苦地燒。諾曼因此漸漸可以吃帶魚頭、魚眼睛的小魚乾，我用來跟蛋一起煎。另外紅燒魚、紅燒肉裡的罐頭竹筍和白菜、南瓜，他都沒問題。問他可喜歡脆脆的竹筍？他回說：「就是竹子的味道吧？」竹筍跟竹子本是一家，倒也不離譜。

後來我在一本雜誌上看到，下嫁希臘船王不久的賈克林・甘奈迪最愛吃的一道菜，是把牛肉塊串到一起，佐以切碎的培根、水煮蛋切丁、洋蔥切丁和番茄糊，一起調成醬料，然後在火上燒烤。這看來好簡單，不像一般西餐要加這樣那樣的濃縮乳、某種味道的起士、複雜的香料等。我於是依樣畫葫蘆，再隨自己方便調整一下，把肉塊跟所有作料拌到一起，直接放到烤箱裡面烤。諾曼吃後驚艷地直嚷嚷：「這道菜我可以連吃三個月，絕不厭倦。」看他歡喜成那副模樣，我心裡方才明白，他一向多麼勉為其難地在吃我的中國菜。並且，對這道可以連吃三個月的菜，也更加充滿信心。

那段時間，我跟一位鄰居太太學會燒中國漢堡。洋人的中國漢堡十分有趣，把絞碎牛肉混和新鮮芹菜丁、罐頭荸薺、加乳狀雞湯罐頭（cream of chicken soup），調勻後放入烤盤，上面鋪一層乾麵條，是那種中國餐館免費供應，但在超市可以買得到的乾麵條，烘烤熟了便是。吃起來確實有點中國菜的味道。

我更在猶太餐館喝到很像魚丸湯卻更好喝的馬特佐湯（matzo ball soup，麵球湯），還在超市裡找到冷凍的matzo ball，味道跟餐館的一樣好；我試著用它做肉羹，可惜黏度不夠，吃起來其實很不錯，卻不是肉羹，只能趁它半冷凍時切成小塊，做成像魚丸的猶太湯。有了這幾道菜，讓我等不及，志得意滿地大膽邀請十個中國朋友來家中作客；桌椅不夠、盤碗不夠都沒問題，反正大家端著紙盤子隨意找座位吃。把端坐餐桌前、食不言，這種所謂吃飯皇帝大的話，全留在台灣的家裡了。如此，興高采烈地燒了滿滿一桌好菜，女士們看了讚嘆地說：「請這麼多人，妳還這麼精工，燒這麼細的菜，妳今天好辛苦。」

說得這麼體己，使我無盡歡喜得又信以為真了。茶餘飯後，我跟幾位女士討論食譜，耳邊忽飄過一位男士的話：「她的菜燒得不怎麼樣，但她很有誠意。」我心裡一愣，原來我自以為得意的菜，其實不怎麼樣。只是請客的心意也算分數，這頓飯勉強及格吧。那次之後，我又好幾年，不敢請中國朋友到家裡吃飯。

人類按照身體的需要規定了一日三餐，把三餐安插入有限的時間裡，好友歡聚因此少不得要吃飯。年輕的時候選擇在家裡宴客，除了一點經濟的理由，另外是在家裡可以一醉方休地盡情喝酒，可以廝混至夜深。後來中國朋友間流行起，叫外賣到家中歡聚，西餐館更可以從開胃菜、主菜到甜點，整套搭配好地送到家，個人的廚藝高低就可以略過不提。但是，沒有主人在爐灶前的親自操勞，總覺得少了點屬於熱心的什麼，那樣擺一桌外賣宴客，既不像在家裡也不似在餐館，感覺只是湊合著在一起吃飯。於是，有聰明的主婦想出一個兩全齊美的辦法，自己準備一道拿手好菜，其餘叫外賣，中餐、西餐、生魚片皆可一起上桌。貴賓光臨的時候，女主人輕鬆自如，打扮得美美的出來歡迎，一邊細說自己的那道大菜。如此燈火輝煌的夜晚，豐足又美麗。

16 早餐吃什麼

我老是為早餐吃什麼所苦，一來準備早餐的時間很短，二來每天煎蛋怕膽固醇、健康的麥片又不那麼喜歡吃。因此常問朋友們：「妳早上都吃什麼？」最早的一個答案是「吃水果」。當時的我還停留在吃土司的階段，吃了二十年土司雖然厭膩，聽說水果當早餐，還是感到不可思議。其實我所謂的土司，範圍滿廣，包括法式土司，和那些只要在發好的麵粉裡加點牛奶，再打兩個蛋下去一煎，立刻可以端上桌的簡單煎餅。另外再有吃得最多的烤奶酪（Grilled cheese），因為最容易做，它是兩片麵包當中夾美式奶酪進烤箱略烤，味道很好。可是再好的味道不停吃，最後還是會厭倦。

靈機一動，把當中的美式奶酪換成切達奶酪（cheddar cheese）；這是我偏愛的奶酪味道，我經常買一大塊切一堆裝罐，隨時拿出來夾麵包烘烤。這般換過奶酪之後，我終於也有了百吃不厭的土司。總之，我能想到的早餐一定是熱的，像穀片加牛奶之類的冷食，只給孩子們吃，或者充當兩頓飯之間的點心。至於水果早餐，則在很多年之後才領略到它的好處。

小時候母親做的早餐總是荷包蛋，加上買來的醬菜或鹹蛋、肉鬆、小魚乾、甜豆，竹筍上市的時候，母親也水煮鮮筍，隨個人喜好沾醬油或美奶滋，這些都用來搭配稀飯。那時還沒有電鍋，母親天未亮就起床把大鍋稀飯燉上。我如果起得早，就先盛小碗濃米湯喝，那味道真好。偶而，母親也讓鄉下來的工人阿楠，去後面巷子裡的豆腐店買燒餅、油條、豆漿，那時候吃燒餅、油條的早餐就像是慶典，一屋子人都笑逐顏開。

我自己當家之後，試驗出燒稀飯的方法，那是用錫箔紙密封住鍋口，放電鍋燉一夜，清晨正好有濃稠的稀飯吃。我對稀飯情有獨鍾，家中卻無人捧場，除了先生、兒子們不喜歡爛糊糊的飯粒，猜想跟配菜也有關係。我的配菜十分貧乏，除了炒蛋還是炒蛋。華人超市裡雖然有罐頭醬菜，吃起來就是跟當年台北西門市場裡面賣的不一樣。因此，試煮稀飯成功之後，再也不曾煮第二次，好不容易磨練出來的手藝，也就荒廢了。

記得第一次去大陸參加北京江南遊，早餐桌上我連吃三碗稀飯配鹹蛋、醬菜，把旁邊的太太小姐們都看傻了眼。亞洲國家的旅館裡，早餐樣式應有盡有，我特別喜歡那些吃不出葷素的水餃，還有一些從未見過的野菇菌類清炒在一起，真是人間美味。真想不到這些都叫早餐！

前幾年去青島，聽說香格里拉旅館住三天以上有折扣，我們便去住了幾天，結果最讓我心動的是他們的早餐。餐廳不大，菜色也不多，但掌勺的是一個法國廚師和一個中國廚師，兩個人的手藝都無從挑剔。尤其中式的小碗湯麵，很少一點麵條臥在清湯裡，實在無法形容它的美味。也不好請問那位小個子的年輕中國廚師，有什麼祕方？到底怎麼燒出來的？難道採用傳聞中宮廷御膳的燒法？把雞和火腿連燉幾天幾夜，然後去掉骨肉只取湯汁？這個講究快速的年代，還有人這樣燉湯嗎？但我從此愛上了中國旅館裡的早餐。去年從清邁回紐約經過鄭州，我們索興把機票延期，閒來無事地在旅館裡連住五天，只為吃他們的早餐。說來可笑，卻比到處奔波旅遊舒服多了。

兩年前吧，曾在報上看到一位富有的老太太，她在曼哈頓五十九街中央公園旁邊的廣場旅館裡住了二十多年，死後清算，積欠旅館兩萬八千美元。旅館裡供應的多半是細緻的法國菜，試想老太太每天賴床到九點，慢慢梳妝到十點，然後珠光寶氣地下樓，跟畢恭畢敬的服務生打招呼，再優雅地進入餐廳吃帶魚子醬的早餐，如此做一天的開始，超過二十年。

那是什麼樣的日子？要有多大的排場才能這般瞞天過海？老太太大概每天猶如在夢中，以致錢花光了也不知道，或者假裝不知道。而最終，旅館只能狀告含笑九泉的她。

多年前的某日，我們在距離廣場旅館不遠的埃塞克斯酒店（Essex House）吃早餐，他們那個假日特別供應「包肥」式的早點。那是第一次聽說buffet，全家很好奇地去一探究竟。記得他們提供的菜式不多，但有龍蝦沙拉、烤牛肉，還有在當時並不普遍的煙熏鮭魚。我第一次認識到早餐原來沒有範圍，跟晚餐一樣愛吃什麼就吃什麼，根本不是我以為的在台灣吃稀飯，在美國吃土司。

我最初偏愛大旅館裡的早餐，就是從紐約開始。尤其在中南美洲，我吃得最多的永遠是那些鮮甜多汁的木瓜，總是狠狠地先吃滿滿一大盤木瓜開胃，再慢慢享受平日裡忌口的培根，然後法式土司，然後半盤各式奶酪加幾片煙熏鮭魚，當然少不了一杯又一杯他們的西班牙式咖啡，就是半杯現磨濃咖啡對半杯熱牛奶。最後，撐得幾乎要用爬的出餐廳。這樣吃早餐，還好只是偶而幸福一次，否則，對自己太殘酷了。

然而，這麼吃過早餐裡的木瓜之後，我終於發展出一套水果早餐的吃法。北美一帶最不缺的就是蘋果跟梨，柔軟多汁的梨最可口；如果沒有熟透柔軟的梨，把硬梨切成如紙的薄片，口感也很好。如此，幾塊蘋果、幾片梨，搭配獼猴桃或任何時令水果：蜜瓜、水蜜桃、櫻桃、香蕉、木瓜、鳳梨，甚至鱷梨、紅黃椒、小黃瓜。總之，隨便多一點什麼，把五顏六色的水果、蔬菜，像調色盤似的堆在一起，吃起來真開心。

除了清爽的水果早餐，我近年來另外磨練出一套菜式：吃麥片。從前不覺麥片可口，可是什麼都會變，就連穿衣，剛買回來的衣服，回家一穿忽然變得難看，隨手束之高閣，十年後，有一天拿出來再一試穿，竟然又變得莫名地順眼。我吃麥片也有同樣的驚喜，尤其多吃了幾次，還鍛鍊出利用微波爐煮麥片的技巧。用玻璃杯裝五湯匙麥片，倒入約半滿的水，分兩三次加熱之後，就是剛好一人份的麥片。麥片很適合搭配水煮蛋，或一小杯混合的腰果、核桃、杏仁和乾棗。

多元化又沒有油煙的早餐最讓我嚮往。絕對不能像年輕時那樣沒經驗，那麼大清早起來煎荷包蛋、炒蛋。天才剛剛亮呀，何苦把自己燻得一身油煙？臉上、頭髮和衣服裡吸滿油煙的感覺，多麼地難受！多麼地令人沮喪！

如今在家中吃早餐，每一天都像在進行一項儀式，彷彿準備搭乘電梯上樓或下樓到旅館的餐廳：我梳妝好了進入廚房，先白水煮蛋，再烘兩份夾奶酪的土司，或到微波爐熱兩杯麥片，然後拿出凍箱裡的混合堅果，和冰箱裡已經洗淨的蔬菜、水果。這時我的先生下樓了，他幫一點忙，倒咖啡、擺刀叉杯盤。廚房裡除了水氣，只有一點溫溫的穀物的味道，還有咖啡香，再無其他。

我習慣把多餘的麵包餵鳥，再把野貓們趕到另一扇邊門，以免野貓拿正在啄食的鳥兒當早餐。另外一扇邊門，有先生為我做的長條木盒子，我把裡面裝滿貓食。如此一切就緒，我們在長窗前坐下，開始享用早餐。沒有龍蝦、魚子醬，但簡單的早餐吃得更有滋味、更踏實，剛剛好夠用來迎接神清氣爽的一天。

17 那家匹薩店

我無論搬家到哪裡，都跟最近的匹薩店很熟，原因是我從不一片一片地買匹薩，而是買一整個pie回家放在冰箱裡，隨時拿一片出來放兩條沙丁魚在上面，或白水煮蛋、火腿肉，或草菇、雞胸肉丁，然後，再撒一點番茄丁和洋蔥丁，或者甜椒、花菜、橄欖都好，最後放入烤箱熱十分鐘後，端出來搭配咖啡，或一大杯冰啤酒也許白酒，就是最快速的早餐和晚餐。

然而，味蕾是再嬌貴不過的細胞，它同時耽溺又厭膩於熟悉的食物。我總是狠狠連吃三個月匹薩後，發誓至少三個月不再碰它。那種時候，我最想念菜肉包，心裡總盤算著，只要辛苦一天包它一百個菜肉包出來，就可以一勞永逸了。

七〇年代初期，在紐約的超市裡多半還買不到蔥，偶而去郊外摘到野蔥，就趕著回家把豬排剁成碎肉拌蔥花，再打開一罐麵團做包子。那種麵團老外用來烤晚餐桌上的小麵包，有濃厚的奶油味，除了吃起來味道不對，大概發酵的過程也不同，蒸出來的菜肉包表面坑坑巴巴，看起來十分艱苦，而且接頭雖然捏得很緊，卻過分發酵得一個個張開大口，賣相實在難看。

我那時住在東城九十六街，橫向走過一條街可以去中央公園，卻走不到西城的地下車站，中國城雖然不算遠，可也不容易去。有一天，我在一家德國人開的魚鋪裡買到小銀魚。出國好多年了，這是第一次看到銀魚。我吃過的銀魚都是蒸的，而我最擅長清蒸，只要把魚用錫箔紙包好放入烤箱，烤十五分鐘就跟蒸的一樣。如果把蒸過的銀魚鋪在匹薩上面，一定有不同於沙丁魚的風味。

我一路想像那種美味，提著銀魚來到那家匹薩店。老闆是三個希臘兄弟，只有那位大哥已婚，新娘蘿拉剛從雅典郊區來，內向寂寞，有一次很突兀地請我去他們的公寓喝下午茶。後來我感冒，她為我煮了一鍋雞湯，雞湯裡有芹菜、胡蘿蔔、稀飯，還特別擠了檸檬汁，那種效果，就像在煎魚上擠檸檬汁，奇異地鮮美。

我告訴蘿拉買到稀奇的小銀魚，蘿拉從櫃台後出來，打開小銀魚，說在他們希臘，像這樣的銀魚又新鮮又便宜，問我準備怎麼燒。我告訴她要跟匹薩一起吃。三兄弟裡的二哥這時好奇地出來看銀魚，興高采烈地說要替我燒，但是，燒完要分他們一半，我立刻答應了。

過了兩個鐘頭，我回去拿銀魚，原來他們用炸的，把銀魚炸得香脆酥軟，我當場就吃起來。我雖然是他們的老顧客，卻未曾在他們店裡坐下。這時見他們各自忙碌著，我的眼睛忽然落在那位三弟身上，他正埋頭在揉麵，好大一塊麵團被他揉得白白胖胖。我跳起來問：「可不可以給我一塊麵團？拜託！」

那位二哥在旁邊反問我：「要多大一塊？」我隨意比畫一下。他切下一大塊用錫箔紙包好了給我，又來附帶條件：「不論用這麵團做什麼，妳都要送我一點嚐嚐，只要一點就可以。」

我欣然允諾，歡歡喜喜地捧回麵團。第二天把豬排和包心菜剁好，包了十多個摺花漂亮的大包子，用大鍋蒸上。過三十分鐘掀蓋，天啊！怎麼還是坑坑巴巴慘不忍睹？試吃一口，味道其實不錯，只是鬼頭鬼腦的模樣，不知就裡的老外一定看它髒兮兮，這樣的東西怎麼能送人？如果不送，豈不像騙了他們的麵團？

左思右想了幾天，只好在週末跑一趟中國城，各買了一小袋豆沙包和小籠包，慚愧啊，就假裝是我做的吧；可是蒸出來一看，小籠包未免漂亮得太離譜了，只好包兩個小豆沙包去匹薩店。那位二哥打開包紙，頓時張嘴說不出話。原來以為豆沙包只是圓圓的小麵團，然而它此時卻展現出我從未注意過的風采，它小小的潔白的麵身上一點嬌俏的紅，美得讓我驚慌失措。「這就是用那天給妳的麵團做的？」他驚訝不止地問。

我微弱地點頭，他這下毫不猶豫地大聲宣布：「以後不管妳要多少麵團，我通通給妳！」

「好啊。」對著圍攏過來看豆沙包的顧客，我強撐著應。然而，我哪敢再跟他要麵團？

出走的日子

18 那日，在瀑布下

那日，在瀑布下。是多久之前的往事？十五年？十八年？好長的時間！足夠用來改寫一個人或一個社會，甚至一個國家的歷史。真難相信已經是那麼久遠的往事。

大山問我，為什麼有一段時間，每逢他要出國我非得跟著去？我們正經過一段老樹林，沿著路直走下去二十分鐘，就到我們要去的郵局。大山難得回家，我們母子難得這樣悠閒地走在一起。我思索著要怎麼回答他的話，總不能直說：因為某年某月某日，閒來無聊，走進一間命相館，相士說，我有一個做官的兒子，那幾年身體會出事，滿嚴重，有性命之憂。大山那時法學院剛畢業，正在當助理檢察官，那就是官了？我暗吃一驚，恨不能每時每刻盯著他。滿心地認為，只要我像保鑣一樣跟在旁邊，就可以把災難擋回去。至少出國要跟去，不能離開視線太遠吧。然而，這些心思怎麼能說出口？一定會被全家人痛罵。現在事隔多年了，我還是想不出怎麼回答。

大山突然拉住我，我們一起停下腳，見一隻好大的老鷹，張開的身體像大臉盆那麼大，正在路當中啃食一隻被汽車輾過的松鼠。牠彎弓似的堅硬的長喙，啃在地上發出「喀喀喀」的聲音，分明吃的只是一隻松鼠的屍體，卻那麼大聲宣告著弱肉強食的生存法則，我們都看呆了。老鷹填飽肚子後抬頭直視前方，然後「咻……」一聲衝上天，斜飛過樹林。

「哇！吃得那麼用力！那麼驕傲！好像那是牠親自捕殺的獵物！」大山讚嘆。

「老鷹天生有那種氣勢。」我說。

「妳跟我們武術團去了不少好地方啊。」大山沒有忘掉話題。

「我只跟過兩次，一次去高雄內門，一次去委內瑞拉。」我糾正。他在紐約一個武術館學螳螂拳，每年耶誕節跟新年期間出國練拳一次。原來很替他開心的事，卻變成壓在我心頭的大負擔。還好後來他因為工作忙，練拳也就中斷，但那是好幾年之後了。最早聽他眉飛色舞地說起，在西班牙南部的海邊，每天清晨天未亮就在沙灘上面對大海練武。灰黑的海面空曠碩大得無邊無際，遠遠的有「轟隆轟隆」潮水的聲音一波一波遞送過來。過一會，太陽慢慢探頭要升起，慢慢地，然後蹦！太陽跳出來，跳好高。又蹦！太陽再跳一次。蹦！蹦！蹦！總共連跳三次，整片天空都被照亮燒紅。「那種經驗，有過一次很滿足。從來沒見過，就會很遺憾！像妳一樣！」他冷不防地在我額頭上敲一下。我正想像太陽蹦跳的聲音而入神，嚇一跳地瞪他：「沒大沒小！」

又有一次，他從山東回來，跟我描述那個連女人擤鼻涕都不用衛生紙、很貧窮、老百姓很沒有禮貌、卻一點惡意也沒有的中國山東，他奶奶的故鄉。我為古老的中國辯護：「我小時候的台灣也沒有那麼多衛生紙，另外，他們只是不知道怎麼跟你溝通，不是沒有禮貌。」

山東回來，他的小腿因為被某種蚊蟲叮咬，腫得跟大腿一樣粗；開刀後醫生要他休息兩星期，他卻把小腿綁緊，第三天就回去上班，在法院裡站久了，傷口血流不止，只好再回醫院躺兩天。「那時候覺得自己是鋼鐵做的。」他不無得意地笑笑。「醫生說很危險。」我應。而就是山東之後，他再要去委內瑞拉我就堅持要跟去了，一個人悶頭在家裡擔憂受怕，不如一起去，可以少受一些折磨。

我們從紐約出發，飛委內瑞拉的首都克拉克斯（又譯卡拉卡斯）再飛馬里達，練武的地點在山上一間教會學校。住的旅館在往下一點的山坡，每天清早還在被窩裡睡覺，就聽他們的瑪麗師姐在走廊上「蹦！蹦！蹦！」來回奔跑，拉開嗓門喊七十多名學員起床。一些早起的開門大聲回應，故意說笑吵醒大家。半睡半醒間聽那些吵吵嚷嚷的聲音，只覺異樣。很多年後，偶而夜半醒來想起那些在馬里達的清晨，竟然像我童年生活過的台南新營太子宮，有恍如隔世之感。練武期間我跟大山住一個兩張小床的房間，每晚臨睡前總有說不完的話，雖然是母子，卻是我們平生僅有的經驗。之前，甚至他在襁褓中，也從未在一個房間裡睡過覺，之後更不可能了。

瑪麗師姐天生光頭，來自挪威，雖然才二十一歲，卻在十一歲那年去西班牙，在那裡遇見他們的師父，拜在門下，已經習武十年。剛到那天，我聽她跟大山說起她的童年：「小時候，我們家裡的狗一下子生了五隻小狗，我父親要我們幾個孩子把小狗抱出去，看有沒有鄰居要收養。我們走了幾家都沒人要，還以為可以把所有的小狗留下來。可是，我父親把小狗一隻一隻用力摔到牆上，活活摔死。」我聽得一陣心驚，大山卻哈哈笑起來，逗她：「還好妳跑得快，沒有被妳父親一起解決掉。」瑪麗的志向是將來回挪威開武術館，她的武功一流。紐約的武術館，習武的中國學生並不多，多半是一般美國人和西班牙語系的人或黑人。有一次聊天，我跟大山說起：「將來會武功的都是白人、西班牙人、黑人，很可能中國人要反過來跟他們學武術，會不會太可惜了？中國功夫變成他們的。」

「如果能夠那樣，我覺得也很好，讓大家儘管拿回去當寶貝。妳能不能想像，將來有一天，這個世界上只剩下中國文化。」原來他從這樣的角度看待事情，我無言。

山上早晚溫差很大，下午五點之後，溫度立刻從中午的華氏八十五度（攝氏二十九度四）降到六十度（攝氏十五度六）以下，滿山遍野的雲霧飛繞在身邊，練拳之後每個團員滿頭大汗，只覺傍晚挾帶山風的雲霧很涼爽。十一天的練武結束後，飛回克拉克斯的途中，大山開始發燒，他很少感冒生病，吃點退燒藥也沒當回事。

次日，全體搭近一個鐘頭的飛機去看天使瀑布。小飛機降落在一片荒草地上，沒有第二架飛機，也沒有機場，只有一家簡陋的兼賣雜貨的食鋪。大夥吃過炸雞之類的食物，到沒有屋頂的隔間裡穿泳裝，灰白的牆上，有團員隨手在地上撿起石塊刻下：一九九九，新年，武術團。然後，四個不會說英語卻身手矯健的土著帶領我們上山。

山路崎嶇，其實並無山路，只是之前有人或動物走過的痕跡。如此，就在這深山老林裡，順著一點道路的蹤影攀爬一個多鐘頭，開始聽到水流的聲音，這就是亞馬遜河的一段支流了。大家一個挨一個拉住領隊帶來的粗麻繩，涉水到溪流的對面，全身濕透透的，再沿著溪水彎彎曲曲地走一陣，水流的聲音終於被瀑布「轟轟」的聲音所淹蓋。那轟轟的聲音越來越密實，及至塞滿整個耳膜。這時，倏然抬頭，才看到從高山之巔沖瀉而下銀白色的瀑布，所有人一片歡呼。

年輕的團員們蜂擁向前，朝著匯聚在瀑布下的水潭奔過去。看那光景，我知道管不住大山，只好告訴他：「你燒還沒有退，坐在岸邊就好，不要下去游泳。」

大山答應一聲，說：「我也覺得我不能下水。」我於是放心地四處尋找可以落腳的岩石。瀑布被高山環抱，只在山巔露出一角天空，水潭凹陷在高山的陰影裡，呈黑色。團員跳水飛濺出一片白色的水花，一個接一個水花四處飛濺。「他們通通下去了！」耳邊有人興奮地喊。我到處找不到可以落腳的岩石，岩石多半大得爬不上去而且太光滑，只好退到比較高也比較乾燥的地方，距離水潭雖然遠一點，視野卻很好，可以清楚看到整條長長的瀑布，取名天使瀑布，大概就是取她細長曼妙的姿影。

隨團醫師羅伯特找過來塞給我一個望遠鏡，說：「妳可以從這裡看到他們游泳。」大山告訴過我，羅伯特醫師是克拉克斯當地武術館的負責人，是只吃魚不吃肉的素食者，「但他高壯得跟頭牛一樣」。我接住望遠鏡，奇怪他怎麼能帶望遠鏡上山！按規定，大家一定要兩手空空；他說他把望遠鏡裝在橡膠袋裡，由領隊的土著替他拿。「還是地頭蛇有辦法。」我笑著直譯「地頭蛇」三個字，目送他下到水潭處。

我按照他所指示，對準水潭調好望遠鏡，忽聽下面一個聲音喊：「大山也下去了！大山也下去游泳了！」我暗罵一聲：「可惡！」卻無可奈何。我把望遠鏡調來調去，朝下面的人群裡搜索，原來很清楚的畫面，不知怎麼被我越調越模糊。他游泳之後也應該上來了吧？他還要游多久？望遠鏡變得只看到水茫茫一片水花，一個人影也看不見。我把個望遠鏡調來調去幾乎把它拆了，恍惚間聽到下面有騷動的聲音：「出事了！有人出事了！」我還在賣力地調不好望遠鏡，什麼都顧不上。不知過多久，一個女團員上來告訴我：「大山出事了！」

「我沒看到他出事！」我竟然如此愚蠢地回答。

羅伯特醫師終於帶大山過來，兩人的泳褲還在滴水，身上更是水淋淋的。大山嘴唇蒼白，微微打顫地強笑著說：「羅伯特救我上岸的。」

我大腦飛快地轉一圈，出著餿主意：「要不要跟那些領隊的借一個橡膠袋，你可以包在身上擋風。」大山自是不肯。羅伯特醫師安慰我：「我們現在就要離開了，一出這塊山谷就有大太陽。」

下山的路快許多，大夥不久就來到太陽地上，大山臉上的氣色也恢復了，他拉來一個看似十七八歲的土著領隊說：「剛才如果不是他到水裡面救我，我一定淹死了。」

「這到底怎麼回事？」我問。

大山只顧問我：「我想給他一些錢謝他，怎麼辦？」

羅伯特醫師聽到了，說：「請他們幫忙就是為了防止意外。不要放在心上。」

隊伍疏疏落落朝小飛機的方向走，我們略微脫隊，大山這才告訴我：他原來只是忍不住想要沿著水潭邊緣游半圈，水實在很冷，可是游一會後，覺得沒問題，於是就游向深水裡。「深水裡面身體的浮力特別大，感覺特別自由。可是我越來越冷，四肢變得划不開。」他有點著急，因為身體一下變得很堅硬、很沉重，而且失控地往下墜。在冷冽的瀑布下深黑的潭水裡面，四顧無人。快要絕望的時候，看到卡洛從他身邊游過，他奮力抱住卡洛的身體。「不曉得是他的身體還是他的腿，我抱住他，很用力！……」僵硬的手臂緊緊地扣住卡洛，他的救命的稻草、他的上帝啊！瞬間卻發現兩個人正在一起往下沉，下沉！驚得他吞下大口水。原來卡洛救不了他，只會多一個人死掉而已，卡洛會陪他一起死掉。「不能拉著卡洛！」電光石火間的一念，「我一個人死就罷！」使他倏然放手。卡洛光滑的身體游魚一樣從他懷裡游走後，他快速沉落下水底。

「卡洛游出水面求救。」大山說，「然後，那個領隊下去要拖我上來。可是他跟卡洛一樣個子比我小，拖了又拖，怎麼也拖不到岸邊。最後是羅伯特下去把我拖了上來。」

我默默地聽完，一直沉默著，心裡面空空的，居然一點感覺也沒有。很多年後，再想起這件事，才深深感謝上帝，感謝菩薩，大山那一瞬間做出的決斷，是恩賜的，那日，在瀑布下才有如此幸運。

我們已經去過郵局，回頭又經過老樹林，剛才老鷹啃食松鼠屍體的路面，已經乾乾淨淨，了無痕跡。生死如此巨大的事，在天地間如此渺小。我微微喟嘆著說：「那時候老要跟著你，因為剛認識到人生是減法，就算親人相聚，也只會不斷地見一次少一次，所以，老想跟你在一起。因為那時雖然看到人生的真相，卻沒有更深層的覺悟。譬如，我哪裡做得了你的保鑣？有誰做得了？只有神明，只有上帝。」

大山思索著，年輕的他未必能領會我的話，或者，只是認為我沒有完全回答問題。但，他還是投我以微笑，我亦同樣回報。

19 從莫斯科到聖彼得堡

旅遊書上說，從莫斯科到聖彼得堡的火車是世界上最浪漫的，其次是巴黎到米蘭，再其次是慕尼黑到威尼斯。真沒想到共產世界的大本營俄國，它的火車之浪漫竟超過義大利、法國。就衝這一點，我們決定去莫斯科看看，當然也因為俄國還未曾涉足過。四月裡，北美的杜鵑花開始綻放，莫斯科的氣溫跟紐約差不多，不致像二月間去巴拿馬，紐約接連兩場大雪，一下飛機撲面卻是華氏一百度（攝氏三十七度八）的高溫，如此大溫差，跟時差一樣難招架。

飛機上，近半乘客是兩耳邊紮小辮子、頭戴黑禮帽的老派猶太人。這麼多猶太人要去莫斯科，大約說明莫斯科商機勃勃。十個半鐘頭的飛行時間裡，他們有兩次全體穿戴整齊，聚在供應茶水的那一處機艙禱告。後來飛機抵達莫斯科上空，因為氣候，不斷盤旋四十分鐘，乘客開始騷動的時候，外子安慰我：「不要怕，他們禱告過了。」飛機果然安全降落。真是全靠他們禱告啊。

機場正在飄雪，氣溫比紐約略低。我們搭四十五分鐘火車到底站，一張票價三百二十盧布，約合十二美元，叫計程車要一百多美元。帶我們搭火車的是同一班機、去美國旅遊二十天回來的夫妻，太太金會說英語。一下火車，由居高臨下的車站望去，莫斯科並沒有下雪，正出著微弱的太陽，整個城市顯得龐大、落後、暗敗。我暗自詫異，蘇聯老大哥怎麼住得如此寒傖？小時候口裡喊反共抗俄的同時，心裡其實很清楚蘇聯的財大氣粗。金這時在我旁邊連聲問：「妳對莫斯科的印象怎樣？妳的第一個印象怎樣？嗯，第一個印象？」

第一印象全憑視覺，是不帶情感的直接反射。我遲疑好久，終於反問：「妳有沒有去過北京、上海？妳應該去看看。」金一臉失望的表情，使我有點後悔。其實，後來在莫斯科的大街小巷行走，那種樸實的老態，給我們帶來很濃厚的懷舊情緒，感覺很像回到過去，正走在台灣某一個城市裡，只是莫斯科的樓房較密集。莫斯科的市容大約自六〇年代後，就沒有再改進過吧。後來在聖彼得堡特地給他們夫妻打電話，告訴他們多麼喜歡這一趟旅遊。

網上有遊客提到俄國旅館服務員的stone face（面無表情），我們在紐約辦簽證的時候也見識過，可是在莫斯科和聖彼得堡的旅館裡，我們受到不少禮遇。旅館在市中心，走十分鐘到紅色廣場，辦入住手續的時候，不知為什麼櫃台小姐把我們升等到最大的房間裡，雖然不知舒服到哪裡，但，那畢竟是十分的好意。

聽說俄國什麼都貴，我們領教了他們的計程車和餐館，說穿了就是紐約的價錢，加上如今的美元疲軟無力。從地下車站到旅館，我們第一天付司機二十美元，見那司機憨厚可愛，再送他二十盧布小費。雖然只是步行十分鐘的距離，他們的出租車就是這麼貴。其實在莫斯科搭地下車（地鐵）很方便，而且線路簡單，你只要經歷過紐約地下車的大陣仗，絕不會在那裡面迷路。而且他們很多年輕人會講英語，更而且，莫斯科地下車站之美是聞名的，每一個大小站都是一座一座宮殿或者古堡，真是美絕了。不知他們為何在地下如此精心打造，地面上卻沒有付出同等心力？莫非使用暗箭的攻擊策略，始終被他們運用在方方面面。像二戰期間為了隨機應變絕不守信諾，像對付拿破崙自焚莫斯科的焦土政策，這些陰惻惻的謀術，不正是他們高明至極的戰略？

至於吃的方面，我們第一天中午就近在旅館餐廳吃午飯，我點一客雞胸pasta（義大利麵），外子叫海鮮炒飯，外加三杯啤酒，沒有奉送麵包，總共合美金一百一十元，這差不多是紐約法國餐館的價錢，可是法國餐館的菜好吃多了。但是，Marriott（萬豪）旅館每天早上附帶的早餐很豐盛精美，我特別喜歡那些肥肥厚厚切得方方整整的醃魚，共有四種口味，浸在蜂蜜芥末醬（honey mustard）裡的實在太好吃了，恨不能吞下一大缸，從此再也不用為它流口水。

那天下午，我們因為旅途勞累加時差，在旅館裡睡一覺醒來，已經凌晨，但精神正好，決定到街上瞎碰運氣。我們多方打聽過俄國治安良好，在小巷裡走十多分鐘，餐館都已打烊，走過遍植樹木的安全島，月光照亮一棵一棵正在抽芽的樹，幻想它夏日裡的林蔭、秋日撲天蓋地的黃葉，一定很美。

我們在那後面見一家二十四小時營業的超市，推車進去看到酒鋪，外子立刻走不動，我在旁邊擺放乾魚的架子前看得眼花撩亂。我看過乾魚最多的超市是在葡萄牙的里斯本，那裡超市的乾魚堆得小山也似，通通去骨去皮，看過去雪白的一長條一長條，不像這裡還有大小全魚花樣繁多。超市裡只有十來個顧客，外子正在跟一個十分文氣、約三十好幾的男子丹尼爾（Daniil Dugaev）打聽他念念不忘的伏特加酒，因為很不甘心地發現，蘇聯特產的伏特加居然比紐約貴出許多：譬如一瓶金標的Beluga（白鯨），俄國的價錢兩百美元，紐約是一百二十元，布魯克林的蘇聯城只要一百一十五元。俄國政府如此課烈酒以重稅，確實是拯救滿街醉漢的好辦法，只是未免讓遊客失望。

丹尼爾是《食物和旅遊》雜誌的總編輯，長得好看，英語更好，夜裡十二點多了才剛下班，順路過來為他太太和小女兒買糕點。他專門介紹紐約的旅遊，卻從未到過紐約；聽說我們上班的地方在哥大附近，立刻準確地說出百老匯大道一百一十街，拍攝《歡樂單身派對》（*Sienfeld*）的湯姆餐廳（Tom's Restaurant）。他介紹我一種約六吋長銀黑色的乾魚，他們用來現吃下酒；有些看起來很適合現吃的乾魚，卻原來需要燒煮。下酒的乾魚十分美味，一條視大小約一或二美元，跟啤酒和一顆長得像葫蘆的梨一起食用。那種英文叫bosc pear（鴨梨）的梨，在他們這外皮呈青綠色，摸起來硬實，一口咬下去卻甜軟多汁超好吃，啤酒、乾魚加一顆青梨三樣搭配是完美組合。我們很喜歡丹尼爾，第二天星期五，打電話邀請他和他的妻女吃晚飯，可惜沒有聯絡上，傳伊眉後，才知他們全家出城到郊區度週末。

距紅色廣場一條街遠，有一個很大的美食廣場（food court）。我們叫一盤軟餅裹魚子醬、一盤煙熏鮭魚、一盤魚排、一盤淋酸奶很好吃的俄國水餃，外加一杯啤酒做兩人的午飯，吃這些花費不到四十美元，在紅色廣場裡面的酒吧，喝一杯香檳就要十多美元呢。他們小館子既好吃，價錢也比紐約便宜，正式餐館的費用則跟紐約一樣。我們有一天晚飯遇見大夥人過生日，一桌老男老女吃飽喝足，站起來風騷地又跳又唱，簡直鬧瘋了，完全不是想像中共產制度下老百姓孤冷的樣子；那些在赤色世界裡老去的人呀，就算沒有stone face，至少也嚴肅一點吧，太讓我們跌破眼鏡啦。

紅色廣場既美又壯觀，它最早是商場，共產時期是集會的地方，裡面有昔日俄國皇帝的宮殿克里姆林宮、教堂、奢華的購物中心、精緻的禮品店，還有保持列寧遺體的紀念堂，和無名英雄塚，一起相安無事地當鄰居。最令人不解的是，在共產高峰期，義大利人設計、營造的豪華購物中心始終在那裡，蘇聯老大哥的共產世界多麼自我衝突、多麼矛盾啊。

出門旅遊我們總是見廟就拜、遇上帝就禱告，我在教堂裡點上爤燭正要求上帝保佑，大毛衣上的連衣帽，忽然被後面一個俄國婦女從頭上拉下來，又跟我搖頭嘀咕俄語，大約是在教堂裡不能戴帽子。她雖然客氣地笑著，可是實在太用力了，讓我吃驚。聯想到在地下車站裡，見到好些站在高梯上劈灰粉刷的工人，都是中年婦女，她們力氣可真大！我一路看到很多好嬌俏、漂亮的俄國女子，她們將來老了，也會變得那麼強壯有力嗎？真看不出來。

我們因為住得近，去紅色廣場逛過兩次，第四天臨走請導遊帶我們參觀莫斯科市，又回去再遊一次，還有莫斯科大學、普亭上班的總統府、劇院，都是我們搭地下車去過的地方，卻因為叫計程車去臨近機場的火車站要一百四十美元，我們包下一個載八人的遊覽車和導遊二百美元，可以繞市參觀後把我們送到火車站解散，等於兩人的導遊費才六十美元，何況從莫斯科到聖彼得堡的火車凌晨十二點才開動，而旅館已經被我們賴到下午六點，還好意思繼續下去嗎？

導遊是個很和善的中年人，談吐深沉含蓄，曾在美國住過四年，還是感到他的祖國對他最合適，尤其懷念人人有飯吃的蘇聯時代。他說現在的俄國貧富不均，官場腐敗，窮人太多。有他導遊，所有景點顯得更鮮活有趣，而且，正好請他替我們拍照。整十點，他把我們送到火車站前面。我們因為天晚在那裡要跟他付錢分手，他非要進車站送到售票口。終於到裡面把錢付了，另外給他二十美元小費請他走路，他還是非要確定好火車票才肯離開。還好有他的認真負責，我們在網上買的車票漏掉一個號碼忘在紐約，他換了三個窗口，花三個多鐘頭才把車票辦好。如果沒有他幫忙，根本去不成聖彼得堡。我們在俄國碰到所有幫忙的人，都是這樣負責的態度，無論問路或買地鐵票，有拿出iphone為我們查地圖的，有帶路的，有說不清等不及乾脆替我們刷票的，總之，一定有始有終把事情辦對。俄國一般老百姓的素質很好。

說到從莫斯科到聖彼得堡的火車，我們買頭等艙一個人來回四百美元；特等艙一個人來回一千五百美元，裡面有一人容身的浴室，奉送正式的晚飯和一瓶金標Beluga，頭等艙裡只有每人一瓶水和一個三明治。如果搭飛機，那麼，弔詭的是，一個人來回機票五美元，加九十五美元稅，總共一百美元來回。多麼奇怪的一筆帳啊？難道搭飛機鐵定不安全、一定致命嗎？

頭等艙裡比前年我們在絲路搭的臥鋪大一點，一共兩邊上下鋪位，我要確認的總是看來潔白的枕頭套和被褥沒有油垢味；在絲路有一趟火車的褥單，就沒有重新換洗過。這次來回兩趟火車都非常乾淨，這點實在太重要了。頭等艙和特等艙裡空空的沒有遇見其他人，我們在餐車吃晚飯，分別點了烤魚和炸魚、一杯Beluga和我的汽水，六十多美元。除我們之外，另外只有一個年輕俄國男子，一起坐在潔白漂亮的餐車裡。我確實想到電影裡的場景，緬懷什麼的、深情又多情的，都跟當時坐在車廂裡好老的我搭不上邊。浪漫主要是一種心理狀態，跟哪一段火車何干？倒是半夜在枕上感受車輪滾動的速度和聲音，火車在黑暗中經過一個又一個亮著灯火的小站，由異鄉駛向異鄉，確有特別的況味。

旅館下午兩點才開始入住，我們八點多就到了，櫃台立刻給我們鑰匙，告訴我們早餐在六樓。旅館有一部分正在裝修，粉刷工都是白人中年婦女。我們的房間除新粉刷過，浴室和地毯也全新，還可以望見下面的庭院；走路十五分鐘到火車站，過一條街搭巴士可以去市內所有景點。早餐不豐盛，但火腿、蛋、起士、麵包、穀片、麥片粥、水果、蔬菜、咖啡等，同樣應有盡有地隨意吃。一天九十五美元，比Marriott的半價還便宜，從網上找來的。

俄國被蒙古人占領二百五十年，最終被伊凡（Ivan）大帝打敗；之後，彼得大帝打敗瑞典占領聖彼得堡，建立他們的大帝國。彼得大帝請來義大利的工程師、建築師，和從瑞典捉來的奴隸做勞工，在聖彼得堡內營造宮殿、教堂和很多條運河，還下令把涅瓦大街（Nevsky Prospect）打造得跟巴黎的香榭麗舍大道（Champs-Elysecs）一樣。其實在當年這條大街比香榭麗舍大道還漂亮，只是共產之後沒有再改進，至今還是當年的原貌。那些留下來的勞工被安頓在聖彼得堡的郊區，如今都蛻變成很好的地段。

吃完早飯我們一路逛到火車站，在那裡隨意跳上一輛巴士，又隨意下車閒逛再搭小艇遊運河。第二天搭city tour（市區觀光巴士）繞聖彼得堡三個鐘頭，還有中文解說，比遊艇看得仔細。聖彼得堡在革命後改名列寧格勒，蘇維埃解體又恢復原名，它滿城都是雕樑和石像，很美，非常美，還有豐富的歷史；可是通往火車站有兩段路滿地的痰或鼻涕，我走在上面閃來閃去感到無處落腳，卻只親眼見一個深皮膚的外國工人隨地吐痰，實在納悶：那麼骯髒的地面怎麼構成的？

我們在一份很單薄只有一大頁的英文報上，看到四月十七日在彼得和保羅（Peter & Paul）堡壘，有慶祝俄國太空人升空一百週年的活動，可是第二天一大早搭地下車再轉巴士趕去，並沒見有慶祝活動。第一個太空人尤瑞．葛干利二十七歲，從二十個受訓的太空人裡被挑中上太空，在三天前才通知他。上太空是人類沒有過的經驗，他臨行前，留一封類似遺囑的信給他太太，請他太太不要把兩個女兒撫養得像小公主，要像一般人家的女孩；也告訴他太太隨時可以再嫁。最後，希望他太太不會看到這封信，因為這封信洩漏了他的脆弱。

總工程師陪他進入太空艙，分手時告訴他，如果自動控制器失靈可以使用「125」這個密碼，然後自己操控太空艙。葛干利成功繞地球一圈，總共時間一百零八分鐘，靠降落傘降落在中亞一帶，太空艙則自行墜毀。赫魯雪夫去機場接他，那是蘇維埃全盛時期。太空人升空成功令全世界矚目，給當時的俄國，打造出一個超等強國的假象，其實是空殼子。只是，像尤瑞・葛干利這樣優秀的太空人，一有最新、最好的飛機出來，就由他們試飛，他死在七年後一場試飛裡，年僅三十四歲。

Peter & Paul是彼得大帝紀念他戰勝瑞典所蓋的堡壘，座落在聖彼得堡的邊緣，有厚城牆和護城河，裡面有一座教堂，埋葬自彼得大帝之後的所有皇族。在逃亡中被暴民槍殺的尼古拉二世一家人，於二〇〇〇年，這位俄國最後一位皇帝也被迎回這裡正式埋葬。聖彼得堡內穿梭許多運河，當年營造時勞民傷財，宮庭生活卻很奢華，以致尼古拉二世造西伯利亞鐵路時，國庫空虛，他卻再加重稅，致使民不聊生，老百姓的不滿一路累積下來，終於達到沸點，這成全了列寧革命。我們在舊宮艾爾米塔斯裡面看到許多俄國皇帝的照片，尼古拉二世和他的皇后是很漂亮的一對，小時候讀過很多有關他們一家人流亡的報導，一直感到淒慘又神祕。

到聖彼得堡看一場芭蕾舞劇必不可少，它有兩三個劇本供人選擇，在不同劇院上演，我毫不猶豫挑了《天鵝湖》。曾經在哪本談音樂的書上讀過說，一個人在三十歲以前沒有喜歡過柴可夫斯基，他是一個沒有熱情的人；可是過了三十歲還喜歡柴可夫斯基，他就是一個不成熟的人。看這段話的時候我十六歲，當時就決定過三十歲之後，要注意是否依舊喜歡柴可夫斯基；現在證明那段話是不通的、片面的。

看《天鵝湖》的票價一張三千盧布，合一百美元，透過旅館買要抽百分之三十佣金，所以兩張票是兩百六十美元。佣金好貴，可以直接去劇院買。劇院設在冬宮裡面，我們每天從冬宮經過，居然沒有想到進去買票，真是腦袋裝醬糊；也許被旅館裡櫃台小姐的高貴、漂亮所迷惑，那就更愚蠢了。當然也可以轉念再想，既然來一趟俄國，區區貢獻一點是應該的。

冬宮很大，座落在俄國四大河流之一涅瓦河（River Neva）旁邊，劇院由它沿河的一面進去。七點開場，我們玩了一天匆匆趕到的時候已過了六點半，櫃台小姐告訴我們因為沒有劃位，一定要提早去。我跑向入口順手拿一張節目單，立刻被收費三美元。看過不少歌劇，從未遇過要付錢的節目單；還好是英文的，而且對《天鵝湖》的故事有詳細解說。劇院裡面很小，當然又是一屋子義大利的大理石和石雕，舞台下的樂團幾乎到齊，觀眾席的座位也幾乎坐滿，只有第一排全空。外子猜想第一排空出來是因為聲音太大，沒有人要坐，我可不在乎。我觀劇最高紀錄是第二排，現在是破紀錄呢，既不用戴眼鏡也無須把頭轉來轉去，就能把每一個樂師、每一個舞者看得一清二楚。這麼好的位置看聖彼得堡的《天鵝湖》，實在好幸運，兩個人花二百六十美元看一場是很值得的。

小劇院堆聚那麼多石雕，坐一群小心翼翼觀劇的人，在蕩氣迴腸的音樂裡，氣氛美得很沉重，很適合做小說的背景，譬如：間諜對間諜，在絕美的劇場裡決高下，或觀眾之一迷戀舞台上的人，或情人在劇院裡話別；總之，那麼深具古典美的場景，很能煽動想像力。

我們才坐定不久，進來六七個東方客，聽他們說著音腔扭捏的話，一問之下原來是從山東來俄國的商團。坐我旁邊好瀟灑的大帥哥姓劉，居然是總經理，七年前已經來過俄國，也到過紐約。他們已經出來快兩星期，明天就要回山東。我見他們團員為總經理拍照，忙請他們也為外子和我拍一張，大經理說：「我們三個也合照一張，妳看有必要吧？」為了這些寶貴的「冬宮照片」，我們至今聯絡著。

第二天大清早，我們回冬宮用已經充好電的相機拍照，效果遠不如大經理後來傳給我的。之後再去聖彼得堡大學，進他們教室參觀。那種教室是在美國看不到的，但，那是台灣所有大小學校裡的教室，是我的小學、中學。臨別，我們再沿著運河閒逛，運河裡面有很多浮游的大冰塊，風從河面吹過，刮在臉上真冷！運河邊很多賣皮帽的小販，可惜無人光顧，顯得特別可憐。聖彼得堡不像莫斯科種著不少大樹，可是好幾處安全島上，有好多女工正在冷風裡種春花，聖彼得堡因此有燦爛的春花點綴。

從聖彼得堡回莫斯科的火車，還是凌晨十二點開動，我們一路靠人幫忙才上到正確的火車，我已經喜歡上車廂裡潔白得帶點芳香的枕褥。回莫斯科的頭等艙裡旅客較多，但還是安靜，只有火車行駛的聲音、兩截車廂間赫赫的風聲，和一個一個自黑暗中飛過的城鎮。我們以為自莫斯科火車站去機場很容易，沒有想到對不懂俄文的觀光客根本寸步難行。一個同一截車廂裡的俄國男子領著我們出火車站，在清晨八點最擁擠的時段，替我們付車資，替我推行李，轉兩趟南轅北轍的地下車去機場，不但無求於我們，臨別還跟我們熱情握手。外子忽然問我：「我把我的筆送他好不好？」

那是一支包金的高仕鋼筆（Cross Pen），他特為這趟旅遊準備的，我一路用來寫日記的。我愣了一下，回說：「送他。」終於皆大歡喜，了無遺憾。從莫斯科到聖彼得堡的一段火車，還是很值得一坐，那就像你一定要搭過飛機、乘過遊輪，一定要經歷過瀑布、峽谷、沙漠一樣。如果沒有，你還是很幸福；如果有，那的確會使你的人生比較豐當，如此一點差別而已。

20 從蘇菲亞到伊斯坦堡

從地圖上看，保加利亞在羅馬尼亞、希臘、土耳其之間。我們已經買好從紐約去保加利亞首都蘇菲亞的機票，從蘇菲亞隨時可以去它鄰近的三個國家。只是，去羅馬尼亞需要簽證，太麻煩。如果臨時要去土耳其，買機票有困難的話，也只好作罷。那麼，至少還有一個再去不厭的希臘。

這一切考慮，只因為保加利亞曾經是共產國家，又沒有觀光業，必不好玩。之所以要去，是因為被一位猶太裔友人托比不停遊說，她的保加利亞男友急需賺外快。我們可以付三百美元，在她的男友米肉家裡住四天。米肉燒一日三餐，並負責開車帶我們玩。住米肉家裡，吃他燒的一日三餐，立刻被我否決掉，其他倒可以談。然而，外子和我出於好奇，竟同時堅定起，去一個不好玩的地方玩的決心。

＊＊＊

蘇菲亞的氣溫比紐約暖和一點，我們到的那天，是二〇〇三年十一月十六日，當地時間下午二點。機場裡立刻有計程車司機前來兜攬生意。我們先去兌換錢幣，卻在銀行旁邊的旅行社裡聽到，那些計程車司機都屬黑社會管轄。像他們這樣的旅行社才是正經做生意的，無論去市內哪一家旅館，他們只收二十六美元。我們於是信了他。後來卻發現旅遊指南上所說，保加利亞的計程車既安全且廉價，其實一點不假，兩人外出的車資多半比搭公車便宜。那天之後，我們由旅館坐計程車到機場，只花三美元，沒想到一下飛機就上當。

在保加利亞上當十分稀罕，雖然十五年前已經脫離共產專制，但是，他們經濟還是很落後，民風樸實。如果不是像我們這種草包觀光客，很難一下被敲掉二十多美元。

蘇菲亞完全是我想像中共產國家的樣子：建築暗敗，市面單調，老百姓臉上刻板乏味。它的好處是買東西跟紐約一樣，標籤上說多少是多少，他們不興殺價；另外，走在路上很安全。這兩點好處，在我看來都十分寶貴。

「蘇菲亞」（Sofia，又譯索菲亞）在保加利亞文中，是榮耀的意思；可是，它可供參觀的地方實在不多。我們先在市區逛一圈，就已經把幾個主要景點通通看過，然後才打電話給米肉。米肉英俊魁梧，英語也不錯，他是退休的奧運游泳教練，去過三次北京。可惜他太老了，大概七十出頭吧，怎麼適合當導遊呢？而且他太盼望我們請他吃飯，我們卻因為旅遊，常常遲到或爽約，老是要向他道歉，讓我煩不勝煩。他兒子倒不一樣，年輕人大學畢業，也說英語，長得也好看，很沉默，談話間，偶而掠過一句「保加利亞是一個貧窮的國家」，態度卻十分自尊。我們把帶去的一部對我們無用、在保加利亞有用的全新俄文打字機送給他。

其實，我和外子跑過的一些地方，像墨西哥、祕魯、阿根廷、厄瓜多爾、多明尼加，我們都試著和當地人做朋友。只是，你不能等待他們盡地主之誼，不論他們是公司經理、明星、小地主、醫生；因為那些地方還是像六〇年代的台灣，認定凡是觀光客都是有錢的，尤其紐約去的人，錢更是永遠花不完。我們總是請他們帶我們上一次當地最貴的餐館，再上一次最好吃、最道地的土餐館。一個人的消費額，除了阿根廷的法國餐館，其他從來沒有超過二十美元，卻讓我回味無窮。唯有這一次，米肉因為是托比介紹的，不能隨興之所至，反而沒趣。

蘇菲亞除了收藏並不豐富的博物館外，只有在市中心，繞著公園的一圈地攤可以去閒逛。那裡賣一些質料欠佳的琥珀和手工藝品、滿出色的古董——像老掉牙的萊卡相機一百五十美元、有站架和黑布罩的相機七十美元、老鐘八十美元，另外羅馬尼亞、蘇聯、保加利亞的軍刀，各式各樣，要價都不高。外子買了一個帶三角架的萊卡相機，我猜是仿古的。怎可能讓我們這種外行人買到古董？不過，那副老態，看起來的確逼真。仿古實在有趣，但願人老了，也會有古董的身價，那可是如假包換，絕非仿冒的。

我無所事事，買了幾塊瑪瑙，嫌質料差，又去百貨公司買了一串蘇聯瑪瑙。我向來喜歡看那種樹膠流出樹身，長年累月之後，有蟲草落在上面，天然形成的藝品。只是不能細想，因為那些蟲屍，可能很淒慘。

蘇菲亞市內有一座教堂和幾棟阿拉伯式的建築，是奧圖曼帝國時代留下的。保加利亞人原來主要是農夫，「保加利亞」（Bulgaria）的字面，就是農夫的意思，它的老百姓堅忍、拙樸。保加利亞的歷史，就是不斷被外強侵略的血淚史。自土耳其的奧圖曼帝國統治五百年之後，接著被蘇聯征服，因此轉化成共產國家。也就是說，共產制度並不是保加利亞人自己的選擇。每個人的一生當中，都會有許多傷痛，國家也是如此。

第三日清晨，我們搭公車去里拉（Rila），那裡有一座保加利亞最古老也最大的修道院：里拉修道院（Rila Monastery）。我們一共要轉三趟公車，原以為有各式各樣的地圖一定沒問題，卻想不到出了蘇菲亞，竟一個說英語的人也沒有。那麼，西班牙語吧？外子自學多年的西班牙文是夠用來看通俗小說的，在旅遊中一向有用，到保加利亞可是完全派不上用場。公路局總站停滿車輛，我們不知要改搭哪一輛車，無論怎麼比劃、想盡辦法表達都沒有用。急得我們團團轉，第一次嚐到哭天不應、叫地不靈的滋味。

幾乎要放棄了，這時不遠處一個司機跟我們招手，要我們上他的車。他車上有一對說英語的年輕夫妻，也要去修道院。原來，我們已經驚動整個車場。那對夫妻是伊利諾州去的，為人權機構工作，正在保加利亞蒐集當地資料。去保加利亞之前曾受訓四個月，每天學六個小時的保加利亞二十六個字母。據說只要跟英文的二十六個字母對照背熟之後，學保加利亞文就容易了。

修道院在深山，近山頂，我們到達的時候已接近黃昏。大概因為清靜無人，加上滿山的秋景，再加山澗湍急的流水聲，整座院落顯得十分蕭索。修道院由石頭堆砌而成，古樸美麗，外子自去拍照，我則轉了兩大圈，才在一個側房旁邊遇見一個高大、肅穆的修道士。可惜，我出口的話是：「請問洗手間在哪裡？」他手朝右方一指，急急地離去。廁所很原始，當然十分潔淨，底下好像有溪水不斷流過，洗手的水很冷、很冷。

修道院蓋於十三世紀，歷經奧圖曼帝國的統治，從十四世紀到十八世紀，再經俄共管轄，很幸運地完好無缺。奧圖曼帝國的很大好處是可以容忍不同的宗教，他們沒有強迫保加利亞人放棄信仰，改信回教（現稱伊斯蘭教）。

參觀過修道院，我們在後面唯一一家餐館吃當地有名的鱒魚。餐館面臨山澗，水聲在這裡轟轟響。鱒魚就是從山澗裡捕捉來的，味道十分鮮美。魚端來的時候，餐館裡一隻大白貓，隔著幾張桌子跟我對望，我只好把牠招來，先給牠魚頭，見牠三兩口吃完，再給牠小半條魚，再小半條，吃到牠吃不下為止。

那天深夜回蘇菲亞，我卻因為餓，找不到還開門的餐館，後來到旅館對面的小吃店買三明治。這才發現，保加利亞不光是大餐館，連小吃店，一美元不到的三明治、麵包、火腿起士，都分別烤過才夾到一起給客人，毫不含糊。一般餐館，每一道菜都標明燒煮的時間，約二十分鐘到三十分鐘。所以，保加利亞的食物雖然沒有特色，卻因為是現煮的原味，十分可口。

我們在蘇菲亞去過兩家帶表演的餐館，食物和服務都極好。一家餐館旁邊有賭場，外子要過去小試賭運，卻一進門就要拍照和登記護照號碼，因為需要會員證。護照被我們留在旅館裡，他們一通電話過去，立刻要到護照號碼。如此，我們不過賭二十美元，卻各領一張會員證。賭場裡面只有三四個人，酒水、小吃不斷送上。像這樣開賭場，作風卻不鼓勵賭博，不知所為何來？

這兩家帶表演的餐館，兩人連酒帶小費的消費額約四十七美元，顧客都是當地的闊佬。付完帳，侍者恭恭敬敬把我們送到門口，看著我們上車離開。我們不過付了五元小費，竟得他如此感激。據說，保加利亞除了官僚腐敗，還貧富懸殊。大約是老百姓一有錢就帶著巨款飛奔歐美，把貧窮留給自己的國家吧。

＊＊＊

在蘇菲亞的第三日，我們決定去伊斯坦堡，在當地旅行社很容易就買好機票，也訂好旅館。十一月二十日早上十一點，我們飛去伊斯坦堡，飛行時間一個鐘頭。飛機一離開地面，空姐立刻開始送酒水、點心，接著是美味的套餐。我還沒有吃到甜點，飛機已經在下降。從來沒有像這樣，讓我感到飛行時間不夠長。聽說蘇菲亞到伊斯坦堡，是土耳其航空公司的黃金路線，所以服務超好。

伊斯坦堡機場很大，人潮洶湧，滿地觀光客。我們遇見大隊台灣、日本、大陸去的旅遊團。入境隊伍很長，不過沒有等候太久。我們在裡面的旅行社找地圖，卻走出一個能說善道的土耳其人。一問出我們是中國人，立刻給我們看他的香港身分證。他在香港期間，認識一個台灣去的律師，也就是他現在的妻子。他看過我們的旅館，立刻幫我們另換一家，同樣價錢，但在有名的回教堂藍色清真寺（Blue Mosque）附近，且有車接送機場。他還要我們有任何問題，隨時打電話找他。真是沾了他中國太太的光。後來聽好幾個當地人說：「中國女人很喜歡我們土耳其男人耶，我們有很多中國妻子。」不同民族通婚，的確最能做到世界大同。

車子離開機場，沿著馬爾馬拉海（Marmara Sea）一路開去，眼前的伊斯坦堡巨大、美麗。大河兩旁像《天方夜譚》裡的建築，美得驚心動魄。很像多年前第一眼見到威尼斯時，那種大吃一驚的感覺。還有故宮、羅馬、佛羅倫斯，它們都像蟲蛀過的錦袍，淒豔至極。司機不斷介紹必須一遊的景點，又指給我們看，大河右邊叫亞洲部，幾天後被自殺炸彈炸毀的英國領事館和滙豐銀行就在那邊。我們旅館所在地的

Blue Mosque就在這一面，大河的左邊，多半的參觀景點就在這裡。

因為地利之便，我們參觀的第一站便是最大的回教館之一Blue Mosque。它距離旅館兩條短巷，後來每天進進出出都要經過它。十一月是回教徒的齋月，教堂前每天有「廟會」，近午開始到凌晨三點。擺滿各式小吃攤、禮品店。入夜之後，總是擠得人山人海，教堂裡朝拜的人一批一批，更沒有斷過。

在伊斯坦堡的第一頓飯，至今印象鮮明，那家餐館很像格林威治村裡的餐館，精緻浪漫。我點的是黑海捕來的鮮魚，魚肉雪白，魚的長相和味道都像鱸魚（Sea Bass）。但是，第三日到特洛伊（Troy）看木馬，其間有一段船路經過黑海，見黑海的海水當真烏漆墨黑，此後便不敢再吃黑海的魚。

那日，我們遊奧圖曼帝國的皇宮，自在閒適地聽導遊講解。「為了避免刺客暗殺，皇帝的寶座設在那副鐵欄杆的後面，奧圖曼帝國的君王不直接面對臣子。」我們穿過迴廊，進入另一座宮殿，裡面有皇后的小客廳，客廳的一角，居然有流水潺潺流過。那是為了讓水聲遮掩親屬間的談話，以免被侍衛和僕人竊聽了去。

奧圖曼帝國的後宮有四百名宮女，被寵幸的只有十名，由母后挑選。其餘的宮女，十年後可以出宮回娘家。由於宮女們對後宮生活的熟悉，有些因此被挑選出來，賞給大臣們，以示皇帝對大臣的信賴。我們一路細細地看，癡癡地聽，渾然不知城市的另一邊，英國領事已經隨著領事館被炸而死。

還以為土耳其這個跟美國示好的回教國家，跟恐怖份子沾不上邊。我們從紐約經倫敦到蘇菲亞搭的英航，就是認為最危險的也是最安全的，事實卻不一定這麼一回事。我們直到那天晚上，又在回教館Blue Mosque閒逛，在小吃攤上，聽坐在我身邊一位法國遊客談起，才知道英國領事館被自殺炸彈炸毀。

深夜在旅館，我們只管看電視，忘了給紐約家裡打電話。沒想到消息傳得好快，兒子驚慌失措。尤其正在佛羅里達度假的友人，我們臨去伊斯坦堡之前跟他們打過電話，他們急打電話回紐約探問。這使兒子更深信我們身陷險境，勢必要去伊斯坦堡尋親了。

很少認真想過旅遊的安危，就像每日出門，從不擔心車禍一樣。雖然九一一已經印證意外的可能，災難的可能，天飛橫禍的可能。然而，今後還要不要旅遊呢？答案還是肯定的。

次日，我們坐輪渡到亞洲區，去看領事館爆炸的現場。喻麗清說遊客是最俗的，誠然。想到我們在世貿附近的家裡，見街上湧出一批接一批參觀災難現場的遊客，忍不住大罵無聊。輪到自己，竟也無聊至此。

英國領事館比我想像中小且舊，這些自然不能用來做價值的判斷，不過，真的不起眼。尤其被炸過搭上大面布條之後，真是可憐巴巴的。領事館旁邊是一個小型市場，一家一家香料鋪、蔬菜鋪、禮品店，甚至魚鋪、肉鋪，卻到處潔淨異常。另一條小巷裡全是清雅美麗的餐館，多半已經開門，小巷裡飄著咖啡香，情調十足。我這才了然，到底是領事館座落的地方。乍看不起眼，只因遭人破壞了。

不過，英國領事館到底不是我們原定的景點，在伊斯坦堡，除了大小宮殿和各類博物館之外，它的Grand Bazaar（大市集）和Old Bazaar（老市集）很有特色。Grand Bazaar最早是奧圖曼帝國衰退後，王公貴族們變賣家中器物的地方。慢慢擴大成商場，到今天四千五百家商店的規模。裡面金碧輝煌，主要賣珠寶、地毯、仿古家具、工藝品，排場很大，只是那些商家太會推銷，他們有本事讓你站在寶物當中，卻感到賓至如歸。Old Bazaar相對地十分普羅，裡面除了酒和豬肉不賣之外，各類食物應有盡有。尤其乾果店和香料店，它們分門別類，項目之繁複，令人眼花撩亂。也許因為齋月裡洶湧而至的人潮，加上潮水也似的觀光客，有很長一段路，人潮擠得水洩不通，我幾乎腳不點地地一路隨波逐流。

每個人臉上都喜孜孜的，他們是在度齋月，我們是觀光客，都是閒人，心情特別好。伊斯坦堡整個城市吵吵嚷嚷的，到處都是人。可是，每天五次禱告的時間一到，每條大街小巷，不論走到哪裡，都聽見禱告的聲音。整個城市莊嚴地在對他們的真主膜拜。使我想到前幾年，在高雄內門山上的紫竹寺，每天清晨天未大亮，廟裡就傳出來敲木魚的聲音、唸經的聲音。好像因為命運的難測，使人生的要務，只剩下對蒼天的膜拜。

宗教就我來說，是一種深沉的悲哀。宗教之後，清澄明靜的境界，不易達到。生死豈是那麼容易徹悟的？唯宗教的氣氛，總是令我迴腸百轉。

我們每天進進出出的Blue Mosque，因為增加了臨時搭蓋的攤位，白天和夜晚的面貌很不一樣。白天顯得雜亂，夜晚燈火通明，熱鬧非凡。我們到的第一天下午，便找到裡面的教堂，要入鄉隨俗進去朝拜。門口卻坐一個男子在那裡把關，他後面垂著厚布簾。我看每個人都脫下鞋，低頭掀開布簾進去，使我十分好奇，也要依樣畫葫蘆，偏外子多事問把關的人，能否容我們進去參觀，被他一口拒絕，只好掃興地離開。

那天晚上，我們好不容易又擠到教堂門口，已經換了一個把關的人，這次我們都低頭悶聲不響地脫鞋，再一掀布簾進去。裡面是很大的大禮堂，除了人以外，空空的一件家具也沒有，只在簡單的聖壇下面一道界線分前後兩面，後面只站四分之一，供女人和孩子禱告。我跟在外子身後走到前面，因為恐怕被驅逐，我們都走得很快。外子突然說：「妳不可以過來，這裡不可以站著。」他說著，已經趴到地毯上。我這才驚醒，見五體投地趴著的，都是男子。記得有一次參加一個猶太婚禮，我誤闖進一間空屋，空屋裡有兩大扇白牆，裡面一個一個戴小帽的男子，都對著牆自言自語，我湊上前看仔細他們多半垂著眼皮，才知道是男人們在禱告，而且是女人的禁區。想到這裡，我趕緊退到後面，那裡坐著女人和孩子，跟著盤腿坐下，攤開雙手禱告。手心向上地攤開雙手，表示沒有武器，友好的意思。

第二天傍晚，在Blue Mosque附近，我們路過一個小回教館，見門開著，裡面暗乎乎的燈影幢幢，我們又好奇地悶頭脫鞋，尾隨當地人進入裡面。禮堂很小，當中竟擺一圈大小不同的棺木，各罩著色彩不同卻同樣艷麗的織錦布。我暗吃一驚，昏亂中只想到不知是哪些炸彈客的屍體。一心想退出去，卻人挨著人，又十分肅靜，很難從在向前移動的隊伍中退出。只好定睛看棺木上的文字，居然有英文說明，原來每一個棺木代表一位歷代的偉人，有英雄，有聖賢。我於是安下心地跟著他們面對棺木禱告。攤開兩手禱告完畢之後，往雙頰一抹，就算禮成。

土耳其是回教國家，在我們看來也屬於阿拉伯世界。可是，我們遇見的每一個土耳其人都堅稱他們不是阿拉伯人，想來是要跟恐怖份子劃清界線。印象中回教徒不擅跟外人打交道，我們在伊斯坦堡遇見的每一個當地人卻個個友善，也講義氣。我們有幾次被他們老遠送回旅館，不取分文的經驗。我們誇他們人好，他們笑稱，在Blue Mosque附近，不敢做壞人。

聽說，一個虔誠的回教徒，一生中如果無法去麥加朝聖一次，至少要去土耳其。從前在台灣的時候，幾次聽一位回教徒的阿不都拉伯伯說，將來要帶我去土耳其。當時納悶，為什麼是土耳其？現在才算明白了。

在Blue Mosque的廟會裡，我們見到一家中國藝品店，由一男一女合資。男的小康三十多歲，在伊斯坦堡三年，妻兒留在秦皇島，他最大的心願就是有一天把他們接出來。女的小劉四十好幾，先生、女兒都在秦皇島等她再過半年回去團聚。我們每天晚上去看他們，小劉總是把我拉到櫃台後面聊天。他們生意很好，可惜我站旁邊幫不上忙。聽小劉說，她在土耳其到處擺攤兩年了，賺了兩萬塊美金，打算用這些錢回秦皇島做生意。

我把這話告訴外子，外子回說：「妳應該告訴她買個房子出租就好了。做生意不容易，很可能賠掉。」我立刻回去把外子的話複述一遍。小劉一聽，笑得前仰後合。離開伊斯坦堡前一天，我們請他們出來吃午飯，分別拍了幾張照。小劉說這些照片就是將來再見面的信物。小康是回教徒，據他說，中國最早的回教徒都是土耳其去的，他們一聚到一起，最常說的就是要回去、回去、回去。後來就管這批人叫回民、回教徒。

我們有一天晚上去看肚皮舞，表演節目除了肚皮舞外，還包括很精采的劍舞和歌唱。男歌星先唱一首德國民謠，那天半數觀眾是德國旅遊團，半數日本團。整個德國團站起來合唱得好不熱鬧。男歌星接著走到舞台另一面，見到我的東方面孔，問我哪裡來，我含糊說了一聲中國，他竟就唱起〈康定情歌〉來，不但字正腔圓，而且從頭唱到尾，比我還熟。我們有多次在紐約或國外看表演的經驗，台上的人見到東方面孔，多半會「叮叮咚咚」敲奏一段像東方的音樂，或者哼唱兩句。但是，像這樣唱完一首少數民族的民謠還是頭一回。大概這就是小康所說，跟中國回教徒的因緣吧。

伊斯坦堡因為旅遊業發達，英文因此十分通用。但是，我們去特洛伊看木馬的那一趟，再一次因為轉三趟巴士，外加一段坐輪渡過達達尼爾海峽，在僻遠的小村鎮上，再次嚐到言語不通、路標也看不懂的窘況。那種山窮水盡、一籌莫展的滋味，實在太難受、太難受了。

我們那天同樣大清早八點出門，近傍晚到特洛伊，然後再搭巴士到山頂上看木馬，已近五點。辛辛苦苦終於看到小小的木馬，不禁大失所望。小時候看《木馬屠城記》，記得木馬的肚子裡面躲進去一整團的士兵，木馬是很大、很大的。問正要下班的管理員：「木馬怎麼這麼小？」他解釋說，躲在馬肚裡的只有十二名士兵，在夜深酒酣人醉之際，從馬肚裡出來引進希臘軍隊，搶回他們的大美人海倫。這當真比虛構的故事還戲劇化。

山上已經沒有回小鎮的巴士，我們搭管理員的車下山。特洛伊的夜市路燈昏黃，一家一家賣吃食的小小的店面，裡頭多半滿座。我們趁等巴士的空檔，在那裡吃了一頓讓我留戀不已的晚飯。

原以為不吃牛羊肉，到土耳其會挨餓，或者，土耳其街上一定像祕魯一樣到處充滿羊羶氣，其實不然。土耳其各種香料用得極多，甚至在清早的長途巴士上，他們供應完咖啡、糕餅簡單的早點之後，車掌也會給每人手掌上滴幾滴洗手的香水，像他們多數的餐館一樣，讓大家清香撲鼻。他們擅長燉煮食物，味道豐腴甘美，我在特洛伊的小店裡，吃到他們用南瓜和紅糖熬烤的甜點，較之我在中國江南吃過的糯米糖蓮藕毫不遜色。我可以每天吃一大盤，連吃三月絕不厭膩。

最好玩的旅遊，我認為是處處帶點冒險性，而其先決條件，自然需要年輕。所以像這樣兩個人帶幾本地圖到處跑的旅遊方式，大概是我們的最後一次了，特別記下來。

21 夢幻古堡

場地設在哥倫比亞大學對面頗著名的West End Café（西端餐館）宴會廳，時間訂在十一月十三日，晚上七時，五十位賓客各執香檳，三三兩兩地在大廳等候。主客是一九九九年諾貝爾經濟學獎的得主孟德爾（Robert A. Mundell）教授，他被通知七點半到達。外子和我是這次餐會的主人，已經跟每位賓客約好，在孟德爾教授進場的時候，大家要一起鼓掌，以示慶賀。

West End有悠久的歷史，它既是酒吧又是餐館，裡面幽暗，宴會廳此時卻燈火通明，映照三張鋪著雪白餐布的長桌、兩張圓桌，桌上鮮花和賓客姓名卡一一就緒。沿牆一邊酒吧站著穿白制服的酒保，酒可以隨意喝，另一邊長檯上是晚宴的食物，包括雞、蝦、義大利通心粉、麵條、蔬果、糕點。來賓中除幾位親友，都是跟先生有業務往來的廠商，另外，孟德爾教授請來一位中國研究生，和哥大經濟系一位女助理（韓裔，德國家庭收養成長）。除此，沒有任何學界人士，可說是別開生面。外子在宴會中安排一個贈筆禮，由派克筆公司派員贈送刻上姓名的金筆給孟德爾教授，將是宴會的高潮。後來，德國筆公司萬寶龍（Mont Blanc）公司聽說了，也追贈一支刻字的一四九型名貴筆，贈予教授。

唯一美中不足處，賓客中有一位唱歌劇的女高音瑪麗亞，是我們多年老友，我們竟忘了安排她在會場獻唱。孟德爾教授雖是經濟學權威，卻一向對藝術情有獨鍾。近二十年前，初識孟德爾教授的時候，他正醉心油畫，所有油畫用品都是跟我們辦公室下面的美術用品店買的，是先生極談得來的好友。每天一有餘暇，就在他哥大教員的公寓裡閉門作畫。家裡撲鼻就是油彩的氣味，滿地畫布、畫框和顏料。我原不肯去他家，外子定要我一起去喝酒聊天：「這個人妳一定喜歡。」這才勉強相陪。外子得意洋洋地介紹我：「她也繪畫，也寫小說，還彈一點鋼琴。」

孟德爾教授聽得滿臉堆笑地問外子：「你在哪裡找到她的？」

他那時一頭閃銀光的長髮齊耳，言談舉止溫溫吞吞、慢條斯理，臉上不知是淡然還是漠然的神氣，很有點存在主義的味道。他的女友芙麗瑞也是主修藝術的。

那天，在他克萊蒙特（Claremont）大道的公寓裡，我們談藝術，他跟外子談紐約的房地產，還談他的謬論，關於該不該有死刑。我自然是中國傳統的思考方式——「殺人者死」，教授卻另有高見：「殺人者死，是殺多少人者死呢？如果殺一個人者死，殺兩個、三個人也是死，那些凶犯一定多殺幾個人才死，可見死刑並不能保障社會安全，反而很危險的。」

我為這樣的思路好笑起來：「我要把你的話寫進我的小說裡。」（不久真的寫進我的一個短篇《輓歌》裡。）

教授亮著眼睛，若有所思地看住我，大約在想：這麼一來就占他便宜？如此不知所措地對望一會。教授再開口，說他好多年前在義大利南方西恩納（Sienna）買下一座古堡，是跟教會買的。古堡原是托斯卡納郡主的住家，他是第五任主人。古堡裡面有七十多個房間，卻只有一個廚房、一間浴廁。「過兩年，等設備齊全一點，才能請你們去。」

見我們驚訝不止，他接下說，古堡跟隨不少藝術品，其中一座三尺高的銅雕，據一位鑑賞家的朋友說，可能屬於十三世紀。「將來，你們要看看。」

我們能有什麼話說呢？眼前的人在義大利有一座古堡，而且將來要邀請我們去。

那天之後，教授勤勤懇懇又畫一年，開了一次畫展，紐約藝術家對他畫作的評論是：「梵谷失控之下畫的。」

芙麗瑞對教授的畫原來不看好，見他畫多了，才不由得佩服。她那時已經搬進教授有三個大臥室的公寓，她原來在東城租住的公寓，因租金便宜不捨得退租，正好用來收容教授堆得小山也似的畫作。她對教授的畫是看重的。

過兩年，果然聽教授說，古堡裡新裝修了一套浴廁，叫我們那個暑假一定要去。我們先後雖然去過幾次義大利，卻始終排不出時間去偏遠的托斯卡納參觀教授的古堡。而教授每年暑假去義大利之前，從不忘登門邀請。九二年《建築文摘》（*Architectural Digest*）的記者，專程去Sienna參觀教授的古堡，發表了一篇圖文並茂的報導，芙麗瑞把印刷精美的雜誌送了我們一本，使我們再次熱心起來，卻也拖到九七年才成行。

九七年，教授在哥大休假一年，正好使他有機會去義大利波隆那（Bologna）大學任教。他經常去世界各國講學，但像這樣整年離開紐約卻很少。記得那年，只有在年初，教授回紐約的幾天見到面。

我們從布魯塞爾坐火車到佛羅倫斯，從那裡租車開去Sienna，好不容易終於上了彎彎曲曲的鄉間小路，老遠望見雲白的大理石建築，就知道準是這一棟沒錯，跟雜誌上的照片一樣壯觀！

那是七月裡的午後，本來在電話裡跟教授約好，十一點在古堡附近，他們常去的飯館一起吃午飯，卻因為迷路，過兩點之後才到，教授和芙麗瑞已經打道回府。我們到古堡的時候，教授正在午睡，芙麗瑞吩咐管家艾利斯搬行李。

古堡是十六世紀的建築，分前後兩部分，前面一棟完全大理石，後面是稍後加蓋的，典型義大利南方紅瓦、紅磚兩層樓的房子，當中由一個古樸的庭院隔開。古堡地勢較高，前後院空地很大，由低矮的石牆圍繞，後院是花園，前院養兩匹馬，是教授在一次拍賣中買的。另外三條狼狗，記得教授曾經說過，幾乎每年八月，方圓幾里內養狗的鄰居，總聚集在古堡給狗們慶生。三條狗中，有一條德國狼狗叫卑士麥，名字跟我們家中的法國種小狗戴高樂，有異曲同工之妙。

除了我們之外，另外還有兩個訪客，是教授前次婚姻裡的次子比爾，和他來自法國的朋友彼得。教授買下古堡三十多年來，比爾跟我們一樣，第一次造訪。推算一下年月，教授大約在買下古堡之前不久離婚。那時候，大約有一個跟芙麗瑞一樣可愛的義大利女子，使教授魂牽夢縈。但，這只是我的瞎想，教授是一個頗具慧眼的投資者。芙麗瑞只大比爾三歲，比爾三十八。古堡因為沒有電視，晚飯後我們總是聚在一起聊天，每個人的年紀都被問出來。問到我，除了教授和外子就屬我最老，我自不肯回答，兩個大男生於是起鬨：「算她兒子的年紀就知道！」我回應：「特別在六十年代吧，有些大明星總說她們十三歲結婚，十四歲生孩子。我就像她們那樣。」

大家嬉鬧著。教授在一旁輕輕提醒比爾，是該結婚的年紀了。

我們在古堡四日，比爾停留七天，其他來來去去的訪客不斷，其中一個跟我們同桌吃過午飯的德國記者，那天特地去訪問教授。不論在古堡或紐約的公寓裡，總有大堆關於教授經濟理論的各種各樣訪問報導，可惜我感到索然無味。雖然芙麗瑞比較喜歡提的是，我最早訪問過教授。那篇訪問只是泛泛地敘述教授過去在經濟學上得過的幾個獎。

比爾他們總是下午到鎮上兜風，我們正好先洗澡，以免天黑擠在一處要排隊。浴室是個大房間，有兩個沖涼、兩個洗臉的水槽各據一角，一個水槽上有鏡子，另一個水槽上是一扇窗，對著樓下圍牆之外的好大一片曠野。我每次刷牙總呆站在那裡越刷越慢，看微風吹過草原，有時幻想草原上突然盛開一片金黃色的向日葵，像我在村路上見到的一樣。從來沒有過那樣朝朝暮暮面對一片曠野刷牙的經驗。整個古堡裡的氣氛極新奇，想到可以光著腳丫、穿著睡衣，在十六世紀的古堡裡亂竄，真是奇妙極了。

芙麗瑞正帶外子在後院，見我光腳丫，警告說：「小心地上不乾淨。」地上除了石板就是灰土跟一點碎石，有什麼不乾淨？後來在一棵結滿杏仁的老杏仁樹下，差點踩在卑士麥的一堆狗屎上，才知道厲害。我們回到前面入口的拱門，左邊迴轉的白石大樓梯，雪洞似的直通古堡的四樓。另外，面對著樓梯的房間，堆得滿滿到屋頂給兩匹馬吃的稻草，旁邊還有一個很大的房間，亂堆著一些木架、桌椅，牆上卻掛著旗幟。古堡在二次大戰期間有軍隊駐紮過，留下一些軍用品。

芙麗瑞說她去年冬天沒有回紐約，是留在古堡幫管家艾利斯修窗戶。古堡沒有暖氣，把她凍得臉紅耳赤，活像不知去哪裡曬太陽回來。艾利斯是新請來的管家，來自南斯拉夫，十分忠心地整年看守古堡。古堡不久前被盜竊過，損失很多藝術品。

我們上樓，觸目所及都是雲白的石板、廊柱，還沒坐下，教授就出來了，穿一條家居的紅色寬鬆長褲、白色T恤。見面於古堡，擁抱再擁抱都不足以表達歡悅之情。教授聽說我們迷路，笑問先生：「你不是說你從來不迷路？」

二樓，前廊上三個雕刻美麗的拱門，對著樓下的前院，我們在那裡喝酒聊天。圍牆外忽傳上來人聲，一個農夫在小貨車裡，朝我們聊天的陽台喊話，哇啦哇啦說個沒完。芙麗瑞綻開笑臉，站起來朝下面喊回幾句，那人仍訴說不停。

我們問那人在喊些什麼，芙麗瑞說，那人在追討欠他三萬里拉的稻草錢。三萬里拉約兩百多美元。芙麗瑞發現不值那麼多，又朝下喊去幾句，兩人牆裡牆外、樓上樓下地討價還價好久，農人才開車離去，結束了一場鬧劇。教授始終文風不動，不發一言。我想起有一年從羅馬坐火車去龐貝，經過一個小站，上來一群人，兩個胖嬤嬤為了爭一個座位，一路吵鬧不休到終站，一點不顧其他乘客。這些義大利人真是魯莽極了。

我暗自佩服芙麗瑞，這麼多年來一手打點教授所有雜務，卻沒有名分，教授因為她太年輕而不肯結婚。芙麗瑞比教授小二十四歲。一方面心裡替教授難過，深恐他當著我們感覺有失面子。還好那一幕在午後安適的空氣裡，很快消散掉。古堡裡一根一根大理石圓柱外，兩匹老馬和狗們在前院曬太陽，近陽台一棵很大的老樹，芙麗瑞說，那上面的樹葉曬乾後泡茶喝，極香。

外子忽然提到要找一家最道地的義大利館子吃晚飯，教授說餐館要七點以後才做晚餐生意。我一看錶才四點，說沒法等那麼久，中午趕到約好見面的館子已經過兩點，餐館午休不賣午飯了，我頂多捱到五點。教授聽我如此喊餓，好笑起來，但吩咐芙麗瑞去廚房弄吃的。

芙麗瑞是希臘人，請客向來大氣，教授每年歲末的宴客，她準備的食物一定堆得滿坑滿谷。果然她端出來好大滿滿一大盤醃肉、燻火腿、起士、蜜瓜、芹菜、胡蘿蔔、番茄，那時比爾和彼得已經出遊回來，我們四個訪客圍桌吃起來，教授見我們吃得高興，也跟著吃。

大家正吃一會，原來不見一物的半空中，竟飛出一隻又一隻的蒼蠅，跟我們爭食。四個平日裡西裝筆挺的大男人，完全見不到蒼蠅似的大口大口吃，我小心地把藏在裡面的菜肉揀出來。蒼蠅越聚越多，卻沒有人埋怨一聲蒼蠅，也沒有人拍打一下蒼蠅，大家到後來只悶聲不響趕緊把大盤食物吃光，蒼蠅忽地一哄而散，再不見蹤影。

那是我們到Sienna的第一日，是我永難忘懷的一個下午和下午茶。而第二天，沒有聽說誰鬧肚子。更奇的是，以後幾天在同一個陽台吃飯，不論早餐、晚餐，再沒見任何一隻蒼蠅飛過。

比爾是教授的次子，他的證券交易所事業非常成功，為他賺進數目龐大的鈔票，他並且告訴我正在寫小說，已經寫了一萬字。我只好透漏正在寫的長篇《上帝是我們的主宰》所設的背景。教授因為有他這樣的好兒子，既安慰且得意。教授是個天才橫溢的人，一九五五到五六年間獲獎學金由加拿大來美國念書，一九五七年獲芝加哥大學博士學位，一九七一跟一九八三年分別得過兩個經濟學上很重要的獎項。每年除了去歐洲、中南美洲講學，台灣、大陸也去過。我的兒子馬大山曾選過教授的課，回家稀奇巴拉地報告：「孟德爾教授真不得了，整個經濟系的走廊上掛滿他的照片。」

他一直是哥倫比亞大學的首席教授，一生經歷傲人。然而，以教授的薪水養這樣大一座古堡，是十分吃力的，尤其義大利又以苛捐重稅出名。像這樣買古堡，如此異想天開的艱難無比的事，也只有教授辦得到。

古堡共四層，每一層的屋頂都極高，上面數不清的房間空置著，蓋滿煙塵。卑士麥等狗們巡邏過留下的糞便，幾乎已風乾。頂層一處屋頂破損，在斜照的陽光裡，人跡一至，成群的鴿子立刻「啪啦啦」一片響地，振翅飛向外面的晴空，留下些許茸毛和灰塵。

教授是這一屆諾貝爾獎唯一的得主，新聞記者一次又一次地問他：「要怎麼花用一百萬美元的獎金？」教授一再重複，其中一部分錢要用來修護古堡。

在古堡的幾日，外子不斷替教授出著主意，要這樣那樣經營古堡。教授點頭聽著，一貫的溫吞吞的神態，也不知他心裡是否另有打算，或者只想船到橋頭自然直。回顧教授一生行事，總是興之所至、情之所鍾，立刻不計成敗地孤注一擲。那種氣勢，其實很像教授極喜愛的一部瑞典電影《巴貝特之宴》（*Babette's Feast*）。Babette傾盡所有，準備出一套絕對完美的盛宴後，囊空財盡，連回法國老家的路費也沒有，卻神氣活現地表示：「一個藝術家永不貧窮。」教授就是這樣。

教授雖是加拿大人，卻很少聽他談起加拿大，義大利和紐約才是他的家。每年暑假在義大利的生活尤其閒適，除了接待不斷的訪客，早上經常騎馬和打網球，我們在那裡的四日也一樣。每天清晨，在芙麗瑞精選的音樂裡醒來，漱洗完後下梯階穿過庭院，到前面二樓的陽台享用教授親手燒的早餐，他的煎蛋餅（omelette）用一打蛋、番茄、洋蔥、碎火腿，再極有創意地加上芙麗瑞醃製的橘皮，烘烤出來，美味無比。

一天午餐，在附近那家餐館，教授不慎嗆住，一陣劇烈的咳嗆。芙麗瑞坐在對面，她那時正懷孕，特別神情緊張地問：「Bob（教授的小名），你在喘氣嗎？你還在喘氣嗎？」教授已經止住咳，嫌芙麗瑞反應過度，老大不悅地回過去一句：「芙麗瑞，妳將來也會老的。」口氣還是一貫的溫和，大家都無話。

教授是個不易動怒的人，他的大喜大怒鮮少形於言色，唯其如此，他淡淡一句話特別令人心驚。這樣蘊藉的個性，表現教授是個城府頗深的人嗎？不然，即使對他的學生，譬如，跟隨他多年、來自湖北的研究生陳宏義就說，教授告訴他，得獎後教授遇見的每一位經濟學領域裡的要人，「我都要把你介紹給他們認識」，教授是個肝膽相照的朋友。

那日因為午飯吃撐了，大家決定留在古堡吃晚飯，管家艾利斯拚出一大盤起士、番茄、香菜，在上面淋香醇的橄欖油，教授也端出他的絕活大鍋蔬菜牛骨湯，又是人間美味一道。大家吃得唏哩呼嚕讚不絕口，先生直誇：「只有一流的經濟學家，才燒得出這麼可口的湯。」

教授帶頭、芙麗瑞推著嬰兒車裡的尼古拉斯，一個義大利來的女學生和陳宏義跟隨在後，他們進場的時候，果然掌聲四起。道賀、親吻，芙麗瑞激動地告訴外子：「我簡直要哭了，你對我們這麼好！」十月十三日清晨，外子乍聞教授獲獎的消息，喜極通知周圍每一個人：「我的朋友得諾貝爾獎！」並且訂大籃花送去他們Clarement的公寓，那時教授正在英國。感情永遠是相對的，你來我往，如此而已。

席間除了贈送金筆，還有一個有趣的頒獎禮，由外子個人致贈獎牌給教授。然後由教授把比爾怎麼在半夜被德國友人的電話吵醒，通知他父親得獎的經過，娓娓地向大家報告。芙麗瑞告訴我，自從得獎後，家裡每天電話不斷，她的右手膀因過勞痠痛不堪，才針灸過，但還是難掩興奮地說：「以後的生活，要跟以往大不相同了。」芙麗瑞陪教授走過長長的十七年，直到去年尼古拉斯誕生，兩人才終於註冊結婚。

飯後，眾賓客爭相跟教授合照，等人群略散，教授跟我才能聊天，他說得獎是幸運。只是吉星高照固然重要，他到底是憑過人的才智和膽識，努力經營一生才得獎的。教授今年六十七歲了，較之初見面那天，我們都老了近二十年。

他又談到拍電影。拍電影是他多年來的老話題，半認真半好奇地，常聽他問一句：「妳有沒有想過把妳的小說拍成電影？」這就像他另外常問的，「妳的文名，在妳的國家排第幾？五名之內？十名之內？有沒有啊……」這種讓我回答不出來的問題。然後再絮絮叨叨地建議：「妳不用整本書拿出來，抽出每一本的精華，把它們串連整理成一本，怎麼樣？」唉，教授呀這些您就不懂啦。我像往常一樣，趕緊轉移話題。這次他認真地談到拍電影，也第一次聽他談到他的女兒是寫劇本的。

我問他：「比爾的小說寫到哪個階段了？」教授說比爾把小說改寫成劇本，有一部分已經交給教授閱讀。有這樣一雙兒女，也就不難明白，教授在經濟學領域之外，鍾情於藝術的原因了。

撫今追昔，意識到我們在有意無意間，成就了一段終生的友誼。好精采的朋友！

22 武學之旅

一九九八年底聖誕節當天，我跟馬大山下午三點的飛機去委內瑞拉，參加他的武學之旅。馬大山已經幾次對我發過脾氣，這樣嚴肅的武學之旅，竟讓他帶著媽媽去，簡直就是個笑話！

只是前年同樣時間，他去北京和山東，去年同樣時間，他去西班牙的巴塞隆納，今年又要去委內瑞拉，皆因為武學之旅，皆由他口口聲聲的「師父」蘇昱彰先生主辦。我心裡難免好奇，是哪一位師父、什麼樣的武學之旅，使一個生長在美國、任職紐約市的檢察官，如此一往情深？

早上，我最後再檢查一次行李，馬大山過來朝我張開的皮箱望一眼，指著一個漂亮的大鋁皮罐問：「這是什麼？」

「Lollipops（棒棒糖），義大利進口的，太好吃了，我帶去請你們武術團的人吃。」

「開玩笑！媽媽帶Lollipops來了，誰有空吃你的Lollipops？我告訴過妳那麼多次，這個活動很嚴肅！」

我只好敲開鋁皮罐，順手拿出兩把糖丟進皮箱。「是我自己要吃的。」然後把大罐子留在家裡。

一點，我們到達甘奈迪機場，跟麥可和湯姆會合。義大利裔的麥可，三十二歲，是紐約武館的經理，同時是設計師，已經學武八年。蘇昱彰先生創辦的「八級螳螂武藝館」，在紐約、加拿大、西班牙、委內瑞拉、日本都設有分館，各有經理人。馬大山一見到他們，立刻背對我壓低聲音說：「沒辦法，我媽非要來。」還好，兩人一起表示，很羨慕他有「這樣令人驚訝的媽媽」，馬大山才勉強有笑臉。

三點，飛機準時起飛，六個鐘頭的飛行，到委內瑞拉首府克拉克斯，是當地時間晚上十點，紐約的九點。機場驗關的時候，麥可因為帶一大紙箱的木劍被扣留，急得他拉開皮夾，亮出中英對照印著「八級螳螂武藝館」的運動衫給他們看，馬大山也趕忙用西班牙話解釋，木劍練武用，非營利。海關還是不通融。「他們要錢。」馬大山話才說完，果然聽他們用西班牙話開口：「繳十五美元。」好小兒科！我心裡面發笑。三個師兄弟卻拒不肯付，繼續據理力爭，僵持十五分鐘後，對方才大手一揮——「過關。」

接機的菲利普是初識，卻筆直朝我們走來；這兩個東方人加兩個白人的小團體，到底不難辨認。菲利普是荷蘭人，二十年前來委內瑞拉，經營電腦生意也教學，四年前跟蘇先生學武功。我注意到他們幾個人口裡的蘇先生是「Master Su」，自己開口的時候，便也不敢造次。

汽車忽而上坡、忽而下坡地在公路上急駛，克拉克斯是盆地，四周起伏的山巒，上面千盞萬盞燈火的人家，顯得繁華美麗。深夜十一點，到達蘇先生住的公寓大樓，菲利普一按門鈴，二樓迅疾奔下來好幾個人幫忙提行李。

瑪麗領我上樓。瑪麗是個高大強壯的金髮碧眼女孩，頭上幾乎全禿，卻不難看；大概她一臉毫不掛心的神情，因此壯出來的聲勢使然。

公寓裡，人潮氾濫得擠出門外，他們客氣地讓出一條路。我走進幾步，見客廳當中眾人圍繞下的蘇昱彰先生，矮個子，端著酒杯，滿嘴西班牙話，已經喝得紅光滿面。我一下想到，馬大山說的，到師父家只要帶酒，每人都要帶一瓶。「有一次party，我們各帶一瓶酒去，好多酒擺滿一桌，師父把門一關，說：『今天晚上我們把這些酒喝完！』」

這位蘇先生很快從沙發上起身，迎過來，改口用中文一連串的「辛苦了，一路辛苦了！這裡亂，出門在外，將就一下好不好？」之間夾雜幾聲聲震屋瓦的笑聲，那笑聲，我在家中打電話請問他，可否跟兒子去委內瑞拉練武的時候，已經領教過。

而屋裡委實擠得快要爆炸了，難得覓到一處落腳的地板，那上面卻掉著食物的殘渣、酒漬。屋當中四張疊在一起的睡墊，上面蓋著腳印。兩面牆上懸掛四幅織金神佛、金觀音、玉雕、石刻、不同朝代各形各色寶劍，另兩面牆上有書畫、放大照，真品、贗品琳瑯滿目。沿牆一架鋼琴，和一張杯盤狼藉的長桌。我卻立刻有了座位，手上也跟眾人一樣端著酒杯，見蘇先生吩咐瑪麗下麵，指揮團員清理桌面，又添滿大盤起士，和熱騰騰像粽子卻是玉米外葉包裹玉米粉和雞胸肉的tamalis（一種墨西哥粽，字面意思是「包好的食物」），當地年節吃的食品。我們最後到的四人原本無食慾，但主人喊吃的態勢十分霸氣，而且那些食物出奇地美味，更且，今夜是聖誕夜！

十二點，羅伯特醫師送我們到一個當地團員的家裡過夜，那圍牆裡面的大白屋分兩面，一面住曼紐爾家人，一面空置著偶而待客用。屋子裡外各種一叢十餘尺高的翠竹，每走幾步就會遇一座銅雕。原來曼紐爾的妻是雕術家。馬大山、湯姆和我，在那樣潔淨美麗的屋子裡住了兩夜，並享受主人溫馨的師兄弟情。曼紐爾是工程師，學武四年，五十出頭，卻早已經從工程師的職位退休，專心經營他在克拉克斯的房地產。他過兩天就要去美國新墨西哥州的家，所以二十七日不隨團去馬里達參加今年的武學之旅。

從克拉克斯到馬里達的小飛機，一班約容得下四十人，我們八十餘人的團體，因此分兩班機，這時才發現我和馬大山母子兩人不在同一班機上，而票早就買好，不能更改，不能對調，我們都若有所失，卻不便說什麼。尤其羅伯特醫師一再道歉，說他當初買票的時候，不知道其中有一對母子。

我和羅伯特一家人同一班機，馬大山所屬的一團，由蘇昱彰先生帶隊。羅伯特醫師是克拉克斯武館的經理人，他每天從醫院下班後直奔武館。他的武館總維持約一百五十名學生。羅伯特的太太艾爾莎（Elsa Fernandezde Drozco），是一九六七年烏拉圭駐中華民國大使的女兒，他們夫妻兩人跟蘇昱彰先生練武已經二十多年，Elsa的哥哥是現任烏拉圭副總理，也是蘇先生的學生。

四十五分鐘的飛行，飛機誤點一個鐘頭，我們十點才到馬里達，再轉巴士到山頂約十一點。旅館很快為我們備好早餐，那是熱牛奶、咖啡、熱巧克力、紅梅子汁、鮮橘、起士、番茄炒蛋、麵包、玉米餅。以後的十一天，他們每天在吃食上變換花樣，尤其果汁，木瓜汁、鳳梨汁、西瓜汁、蜜瓜汁……，層出不窮。飯後，我隨幾個團員再爬山十分鐘，到頂點上的教會學校。學生正在放寒假，山上因此靜悄悄的。臨懸崖的大體育場，就是我們將要練武的地方。場邊一排岩石，在那裡可以望見旅館美麗的紅瓦屋頂，和通向旅館的山路，抬頭則見不遠處一座一座渾圓的山頭，和其間的浮雲。

我不斷望向山路，雖然明知馬大山還在克拉克斯的機場等候上飛機，飛機誤點四個鐘頭，因有四個軍人欲強行擠進已經沒有空位的飛機，而爭執不下。

蘇昱彰先生一行人終於在三點後抵達旅館，沒有人被擠下飛機。我猜他們一定既餓又累，馬大山卻興沖沖急著告訴我：「妳剛才應該看他們歡迎師父的樣子，機場擠滿了人，我坐在門邊第一個下飛機，嚇了一跳，好多好多人。師父一出來，他們又喊又叫又上來擁抱，最後讓出一條路，讓師父從中間走過，如果麥可・傑克森（Michael Jackson）來，也就是這樣了。」

去機場歡迎的群眾，應當是馬里達當地武館的團員。我把眼光移向眾人簇擁下，正邁上梯階的蘇昱彰先生，他面團團正自微笑著、傾聽一群人用西班牙話小心翼翼地在請示什麼，在那頗西班牙風的小旅館裡，在他自己營造出的熱鬧的小世界裡。蘇昱彰先生說他這一生沒有賺到錢，可是賺到豐盛的師生情。他每年四五個國家東奔西跑，到處被奉為上賓招待。

蘇昱彰先生二十年前，經由台灣政府的學術文化交流赴委內瑞拉，後設武術館。十年前把觸角伸向西班牙，再進入美國、加拿大。在日本，蘇昱彰先生的武功，更透過漫畫和電動玩具流傳。蘇先生自幼習武，師承自抗日時代綽號「天字第一號」間諜的劉雲樵先生。除武功之外，蘇先生同時是中醫師，所以某一招式關連某一內臟器官，他常在比練之前詳加解釋。他的跌打損傷的草藥，據團員說十分有效。

四點半，全體在體育場集合練武，八點回旅館吃飯，九點到十一點在會議廳上課。這是抵達當天的課程。第二天之後，每天清早八點開始練武，直到晚上十點，當中幾次穿插課堂教學。我蜻蜓點水地跟著練氣功、八極拳、劈掛拳、陳式太極，多半時候抱一本跟蘇先生借來的《宮本武藏》，坐在岩石上曬太陽，也欣賞他們打拳。

山頂的氣候，溫差變化很大，中午艷陽高照，約華氏八十五度（攝氏二十九度四），四點之後，氣溫跌向六十度（攝氏十五度六），而且滿山遍谷的雲霧濃得化不開，既濕且冷，十分難受。馬大山卻覺得在飄忽的雲霧裡打拳，美妙無比。

每天晚上臨熄燈前的片刻，是馬大山和我的親子時間，我們從此有了共同的朋友、共同的話題，這是武學之旅的意外收穫。我們都喜歡光頭瑪麗。「第一次看到光頭的女孩，好怪；可是現在看她，第一次的感覺完全沒有了，只覺得她好，人好，拳也打得好。將來師父的真傳都在瑪麗那裡。」馬大山說。

瑪麗是挪威女孩，二十一歲，六年前去西班牙跟蘇昱彰先生習武，四年前來紐約正式投到蘇先生門下，是蘇先生最得力的助手。「將來瑪麗做蘇先生第一號傳人，第二號、第三號也都是講西班牙話的，會不會太可惜了？將來中國人要反過來跟洋人學武術。」我問。

馬大山回說：「讓白人把中國武術捧去當寶貝，也可以嘛。你能不能想像有一天，地球上只剩下中國文化。」

那果然有意義，事情的確該朝光明面看。說不定有一天在健身院裡，中國武術取代一切。這不正是蘇昱彰先生的堅持？他今年六十歲，窮一生精力，替他的武學硬撐出一片天，使武學不死。

問他：「為什麼來委內瑞拉這麼偏遠的小國家？」他當時也有機會去法國的。

「委內瑞拉產石油，我就來了。」他用台灣話說，「這裡的人只要做一點工就可以生活，把他們拉出來練武功比較簡單啦。」

果然快人快語，聽他講課也是難忘的經驗。課室是向旅館借的會議廳，學生的座位一層高過一層呈梯階式。蘇昱彰先生坐在講台當中用西班牙文上課，兩個翻譯分兩邊站。光頭瑪麗面對紐約和加拿大的團員翻譯成英文，久貴先生面對日本團員翻譯成日文。「我教你們的，都是你們自身原來就有的，如果你們沒有，我也沒有辦法教你們。至於武術中有沒有獨門祕招？當然有！只是我把祕招傳給你們的時候，你們要知道，不可錯過。」蘇昱彰先生說。

「每個人都有十二魂，也就是五神跟七氣，五神是金（魄）木（魂）水（精）火（神）土（慾）。五神得之於自然，七氣得自父母。七氣就是七情六慾，七氣如果太旺而影響五神，人就會生病。我們練氣，就是要把五神練好，把七氣像還債似的一點一點還掉。為什麼要把來自父母的七氣去掉？那是要去掉像糖尿病、壞脾氣這種不好的基因。我們練武除了健身、防身，同時在修身養性。」

教室裡一片沙沙做筆記的聲音，偶而有人提問，蘇先生一一解答。蘇先生說過，他的西班牙文是年近四十來委內瑞拉之後才學的，卻早就能夠講課自如。請問一個也說英文的當地團員：「蘇先生的西班牙文如何？」他表示蘇先生的中國口音很重，字彙雖不豐富，但不影響表達。提到蘇先生的中國口音，他說了一個笑話：「有一次一個剛來報名的人，參觀我們上課，他嚇一跳說，你們程度太高了，大家都聽得懂中國話。」蘇先生的西班牙文，要聽過幾次之後才能適應。「我們喜歡聽他講課，從他講的武術史和《易經》裡面學到很多。現在，大家都會用中文講八極、劈掛、陳氏太極、氣功、馬步這些基本用語，有的人還會寫。」

語文只是工具，應用在蘇昱彰先生身上尤然。他的飽滿的武功、慷慨熱情的天性，使他不難吸收到不同文化背景的門徒。一月七日，我們結束在馬里達十一天的武學之旅，回到克拉克斯。有幾位來自西班牙、加拿大和日本的團員先後離開。蘇昱彰先生宣布明年的武學之旅，地點設在台灣高雄的山上，大家互相約定珍重再見。

馬大山和麥可等紐約去的團員，依依不捨久貴先生一團人離開，他們說幾次武學之旅，從日本的師兄弟身上學到很多。譬如這一次，日本團員裡面除了一位律師之外，其他人的英文或西班牙文皆不靈光，因此都住在蘇先生家裡。而每天晚上等五六十人的聚餐結束之後，多半在凌晨兩點，雖然疲累，日本團員還是立刻接大桶水擦洗地板，再鋪床睡覺，絕無苟且。「Japanese are tough!（日本人真是強悍！）」

他們讚嘆。除此之外，這個團體使他們驕傲的還有團員的素質，其中包括三個律師、一個導演、一個演員、工程師、教師、醫生、醫護人員、設計師、樂師、飛行員等。

最後三天晚上在蘇先生的公寓裡，每一天都像我們初抵達的那一天，擠得水洩不通，一屋子白人、土著、東方人，而西班牙文、英文、日文、中文同時充斥，互相抱拳招呼之後，談不完的武術，和豐盛的食物美酒，那種奇妙的景象活脫一個太平盛世。尤其看他們面不改色、一碗接一碗恭恭敬敬地喝下Master Su文火煲出的、黑烏烏的十全大補湯，不能不佩服蘇昱彰先生一手營造的世界，和他發揚中國文化的功勞。

「我覺得師父除了武功獨到，他教導我們的方式，妳看，每個人對師父的恭敬，還有師兄弟間的情誼，他真的讓我們感到，這些修養也是學武術的一部分。」馬大山說。

一月十日清晨六點，我們最後離開的八人，由羅伯特醫師帶三個團員開車送去機場，睡眼矇矓間只見汽車在暗沉沉的公路上急駛，星光、月光、燈光在漸趨明朗的朝陽裡淡去。臨別，互相抱拳為禮再擁吻。

我憶起初來那天，去曼紐爾家那個深夜，曼紐爾在巷子裡替我們提行李，燈光下見他金色的落腮鬍子，和盈盈含笑的灰藍眼珠，盛情地把來自遠方的陌生人迎進他的家裡。這一切，皆因為蘇昱彰先生的緣故。我頓然了悟，為什麼任檢察官的馬大山沒有空回家，卻有空去見他的師父，內心感觸萬端，因此記下來。

23 溫柔的夜

原來並不知道，在高雄山上有一個叫內門的地方，這次是跟著兒子參加「武學之旅」的大夥人來的。

白天，他們去祖唐打拳，我一個人就在紫竹寺附近閒逛。正是耶誕跟新年的假期間，村裡不時有布袋戲和歌仔戲演出。近午時分，布袋戲的小卡車橫對著寺廟的正門開始搭棚。雖然是新年裡的嚴冬，這裡卻豔陽高照。廣場上空曠無人，布袋戲還是有板有眼認真地搬演著，我十分納悶。打聽之下，才知道是香客回來還願，演給觀世音菩薩和眾神觀賞的。我長年在國外，難得一見布袋戲，這次完全沾菩薩的光。

我坐在石階上，眼睛一會兒瞄向布袋戲，一會兒瞄向廣場四周的吃食攤，有幾隻狗來來去去無聊地踱著，另外三四隻在榕樹下睡覺。在這裡三天，我見過兩次，有人把吃剩的魚頭魚尾倒給狗們吃。我著急地欲攔阻，因為狗吃海鮮易得皮膚病，況且魚刺跟尖利的雞骨頭一樣，有刺喉的危險。但是，還沒來得及出聲，狗們已經把殘魚一掃而空。想想也是，流浪狗能夠苟活已經是萬幸，還有什麼可挑剔的？雖然其中有一隻癩痢狗，全身很可憐地潰爛著。

內門這個偏僻的小村，乍見彷彿十分貧窮，其實自有他們的溫飽和安樂；只是要這些勤勤儉儉的鄉裡人放點心神在流浪狗身上，大約是不容易的。我想到我們這群來自紐約、加拿大、荷蘭、巴西、西班牙、委內瑞拉、日本的過客，每餐飯留在桌面上的剩菜，應該有什麼方法可以把那些飯菜端來給狗們吃，最好肉少點，青菜豆腐多點。我家中的小狗是很喜歡吃各種豆類的，尤其花生。能夠避免殺此生餵養彼生，比較妥善。雖然狗們實在通靈，好像也跟人類一樣，較有理由吞食其他生靈。

中午，打拳回來的年輕男女在香客大樓下集合，然後走到七星塔餐室吃飯。我們正穿街過巷，橫巷裡走出一條長毛污髒灰黑的大狗，垂頭喪氣跛著一隻腿吃力地走著，我好不忍心地站定，在牠頭頂上說：「狗狗，你等在這裡，在這裡。」我手指著路邊人家的廊簷下，「我等一下給你送飯過來。」

大狗當真站定，我立刻跑回隊伍裡，匆匆吃過午飯，我裝滿兩個紙碗的菜肉，一出餐館見大狗竟然等在對街一片荒地前的碎石路邊，我過去把份量較輕的一碗遞到牠前面，見牠飛快吃將起來，快吃完才抬臉對我。這一照面，發現牠有一隻眼球一片灰白，我心裡挨刀砍似的一下悸動。小時候曾見一個頑童，拿著一頭削尖的竹竿，刺向一隻黃狗的眼睛。眼前這條狗的跛腿、瞎眼必定都是人為的，有人對牠下了毒手。「快吃，狗狗。」我小聲催牠。等牠吃完，一起走進巷子，到分岔口，見牠朝來時那條路上走去。

我把另一碗菜肉端到紫竹寺那一頭，在榕樹下找到一群黑狗，都好小，大概不滿半歲，有一條小狗也跛著一隻腿，不知又是被哪個變態的人打的，或者車禍？小狗們見我端著食物過來，竟驚恐地退得老遠，怎麼喊也不肯過來。一個坐在石椅上的老人說：「妳人要走開，人走開牠們就過去吃了。」

原來如此，是棒頭之下調教出來的狗狗。那隻跛腿的小狗遠遠地趴在一邊不理不睬，難得有牠的份吧？我拎起一塊肉硬塞進牠嘴裡，牠慢慢吃完，失神地看我一眼，又趴回地上睡覺，真是知足認命。其他幾隻小狗吃過後，一起抬臉看我，晶亮的眼裡沒有再要索討的貪婪，滿滿的只是好奇。

以後，我每一頓飯都把五張桌上剩下的食物帶去，每天扳著指頭算，還剩幾天可以餵食狗們。

失眠的夜裡，十二點時分，一隻狗帶頭淒厲地一聲哭喊，接著成群的狗們哭的哭、吠的吠，鬧成一團，已經凌晨一點了，還不停歇。我穿上外套，下到二樓，經過圖書館，再下樓推門出去，夜霧迎面撲來，夾著濃稠得化不開那農場的鴨寮或豬舍的氣息，一波一波遞送著。淡月微微照明紫竹寺前面的廣場，通往祖厝的路上，完全被夜色吞沒。

我下石階，經過暗沉沉的鳳閣，見一條黑狗斜刺裡出來，目不斜視從我前面經過，消失在黑暗裡。祖厝那頭又傳過來狗吠聲，還有通往七星塔餐室那頭的巷子裡，也有狗吠聲應和。那頭遠了點，也實在太黑了，我選擇祖厝的方向走去；暗影裡見一條黃狗昂頭一陣狂吠，一條黑狗對夜空嘶喊著，又一條黑狗、一條黃狗、……一條全身雪白的狗——數了數，二十多隻，好像在這樣深暗無人的夜裡，因為這個殘酷的弱肉強食的世界所帶來的永生的驚恐，這時才獲得釋放。霧越聚越濕越濃，鴨寮的臭氣還是濃稠得化不開，路邊下石梯就是暗影婆娑的花園，我內心淒愴地到那裡止步，循原路回去。

上三樓，推開房門，一床大花棉被暖暖地等在那裡，我卻因為不慣於不知已經多久沒有換洗過的床單，只能夜夜和衣而眠。狗們哭喊的聲音依舊不斷，已經凌晨兩三點了，才漸止歇。近四點，一聲雞啼劃空而過，有兩三隻應和後，倏然而止。近六點，再次雞啼，這次群雞唱和，然後，紫竹寺裡傳出鐘聲和梵唱：「南無阿彌陀佛，南無阿彌陀佛，南無阿彌陀佛——」聽說是百聲、千聲、萬聲，唸佛越多越好。我倦極，在微曦中朦朧睡去。

離開的清晨，因為趕十點的飛機，七點，我已經在紫竹寺裡燒過香，再跟著眾人最後一次穿街過巷到七星塔餐室，一路沒有見到任何一隻狗。飯後，我又拎了一袋包子，大巴士已經等在餐室外面，要接我們回寺廟拿行李，我找到主辦的蘇先生，「我還是用走的回去，保證準時在廟前面跟你們會合。」我說著，竟有點哽咽。

蘇先生略打量我和我手裡的包子，慷慨地說：「妳要快點。」

我立刻朝大路上飛奔，進入巷子，見一隻黃狗走過，趕忙趨前遞給牠一個包子，滿心掛念我那條既瞎又跛的老黑狗，如果今天早上見不到牠，我是永遠再也見不到牠了。正憂心間，忽見我摯愛的那條好狗，從岔路那頭一步一拐吃力地走來，我大喜過望地趕過去。「狗狗！」忙把包子送到牠嘴裡，牠一陣狼吞虎嚥。我彎著腰在牠頭上說：「狗狗，我要走了，我要走了，Bye! 狗狗，Bye!」一步一後退，我的愛犬忽有所悟地猛抬頭，終止正在進食的動作，瞪著一隻空茫的眼睛，另一隻失神的眼定定看我。我迅速轉身，朝岔路另一頭紫竹寺的方向跑去……。我已經大把年紀了，不適合濫情，怎麼可以為一條來日無多的流浪狗太牽腸掛肚？我已經使牠最後的日子好過一點，「到此為止，到此為止」，我橫起心一句一聲地唸著。

巴士開一個鐘頭才到機場，中午我們就到香港了，將在香港三天，然後回紐約。深夜，一個人躺在旅館潔白的床單上，換過一台又一台電視節目，我的既瞎又跛的好狗卻占據我全部心胸。我在枕上默默流淚，枕頭很快濕涼一片，換過一個枕頭，還是淚流不止，索性放聲痛哭。在我哀傷淒惻的知覺裡，忽然曙光一現，想到我有七星塔餐室的地址，也有紫竹寺的地址，甚至有其中的人名，何以見得不能再照顧我的狗？想到這裡，我的傷心才在香港陌生的夜裡淡去。

回紐約的飛機上，見電視裡馬英九市長在呼籲市民認養流浪狗，我從來沒有感到一個政治人物如此可親可敬過。惟除了認養的工作，更應該鼓勵獸醫系的學生組織起來，替流浪狗做結紮的手術，而不光是犧牲流浪狗做活體解剖。狗跟人類一樣具有豐沛的生殖能力，因此絕無可能成為稀有動物。萬物之靈的人類知道節育，狗卻沒有這種能力。但是，對主人一片赤誠，全然不懂嫌貧愛富的狗們，已經被證實可以紓解現代人緊繃的神經，養狗可以長壽。養狗只需要愛心和起碼的經濟條件而已，請獸醫們幫助流浪狗節育，讓我們不要再殘殺流浪狗吧。

語言文學類　PG2870　秀文學51

口罩與接吻

作　　者 / 陳漱意
責任編輯 / 洪聖翔
圖文排版 / 蔡忠翰
封面設計 / 吳咏潔

發 行 人 / 宋政坤
法律顧問 / 毛國樑　律師
出版發行 / 秀威資訊科技股份有限公司
114台北市內湖區瑞光路76巷65號1樓
電話：+886-2-2796-3638　傳真：+886-2-2796-1377
http://www.showwe.com.tw
劃撥帳號 / 19563868　戶名：秀威資訊科技股份有限公司
讀者服務信箱：service@showwe.com.tw
展售門市 / 國家書店（松江門市）
104台北市中山區松江路209號1樓
電話：+886-2-2518-0207　傳真：+886-2-2518-0778
網路訂購 / 秀威網路書店：https://store.showwe.tw
國家網路書店：https://www.govbooks.com.tw

2023年2月　BOD一版
定價：250元

國家圖書館出版品預行編目

口罩與接吻 / 陳漱意著. -- 一版. -- 臺北市 :
秀威資訊科技股份有限公司, 2023.02
面； 公分. -- (語言文學類 ; PG2870)
(秀文學 ; 51)
BOD版
ISBN 978-626-7187-53-1(平裝)

863.55 111021835